U0621701

马国兴　王彦艳　主编

风铃鸟系列美文读物

山那边的童话

文心出版社

·郑州·

图书在版编目(CIP)数据

山那边的童话 / 马国兴，王彦艳主编． — 郑州 ：
文心出版社，2016. 5(2023. 3 重印)
ISBN 978 – 7 – 5510 – 1142 – 6

Ⅰ. ①山… Ⅱ. ①马… ②王… Ⅲ. ①小小说 – 小说
集 – 中国 – 当代 Ⅳ. ①I247. 8

中国版本图书馆 CIP 数据核字(2015)第 213448 号

出版社 : 文心出版社
　　　　(地址 : 郑州市郑东新区祥盛街 27 号　　邮政编码 : 450016)
发行单位 : 全国新华书店
承印单位 : 涿州汇美亿浓印刷有限公司
开本 : 700 毫米×960 毫米　　　1 / 16
印张 : 10
字数 : 130 千字
版次 : 2016 年 5 月第 1 版　　印次 : 2023 年 3 月第 5 次印刷

书号 : ISBN 978 – 7 – 5510 – 1142 – 6　　　　定价 : 22. 60 元
如发现印装质量问题　请与印刷厂联系　电话 : 15711230955

目录
Contents

目
录

花　脸

○冯骥才

做孩子的时候,盼过年的心情比大人来得迫切,吃穿玩乐花样都多,还可以把来拜年的亲友塞到手心里的压岁钱都积攒起来,做个"小富翁"。但对于孩子们来说,过年的魅力还有更深一层的缘故,便是我要写在这几张纸上的。

每逢年至,小闺女们闹着戴绒花、穿红袄,嘴巴涂上浓浓的胭脂团儿;男孩子们的兴趣都在鞭炮上。我则不然,最喜欢的是买个花脸戴。这是种纸浆轧制成的面具,用掺胶的彩粉画上戏里边那些有名有姓、威风十足的大花脸,后边拴根橡皮条,往头上一套,自己俨然就变成那员虎将了。这花脸是依脸形轧的,眼睛处挖两个孔,可以从里边往外看,但鼻子和嘴的地方不通气儿,一戴上,好闷,还有股臭胶和纸浆的味儿。说出话来,声音变得低粗,却有大将威武不凡的气概,神气得很。

一年年根儿,舅舅带我去娘娘宫前集市上买花脸。过年时人都分外有劲,挤在人群里好费力,终于从挂满一条横杆的花花绿绿几十种花脸中,惊喜地发现一个。这花脸好大,好特别!通面赤红,一双墨眉,眼角雄俊地吊起,头上边凸起一块绿包头,长巾贴脸垂下,脸下边是用马尾做的很长的胡须。这花脸与那些愣头愣脑、傻头傻脑、鬼头鬼脑的都不一样。虽然毫不凶恶，却有股子凛然不可侵犯的庄重之气，咄咄逼人，叫我看得直缩脖子。要是把它戴在脸上，管叫别人也吓得缩脖子。我竟不敢用手指它，只是朝它伸伸下巴，说："我要那个大红脸！"

卖花脸的小罗锅儿，挑下这花脸给我，龇着黄牙笑嘻嘻说："还是这小少爷有眼力，要做关老爷！关老爷还得拿把青龙偃月刀呢，我给您挑把顶精神的！"说着从戳在地上的一捆刀枪里，抽出一柄最漂亮的大刀给我。大红漆杆，金黄刀面，刀面上嵌着几块闪闪发光的小镜片，中间画一条碧绿的小龙，还拴一朵红缨子。这刀！这花脸！没想到一下得到两件宝贝。我高兴得只是笑，话都说不出。坐三轮车回家时，我就戴着花脸，倚着舅舅的大棉袍执刀而立，一路引来不少人瞧我。特别是那些与我一般大的男孩子们投来艳羡的目光时，我快活极了。舅舅给我讲了许多关公的故事，"过五关，斩六将""温酒斩华雄"……边讲边说："你好英雄呀！"好像在说我的光荣史。当他告诉我这把青龙偃月刀重八十多斤时，我简直觉得自己力大无穷。舅舅还教我用京剧的腔调"自报家门"："我——姓关，名羽，字云长。"

到家，人人见人人夸，妈妈似乎比我更高兴，连总是厉害地板着脸的爸爸也含笑称我"小关公"。我推开人们，跑到穿衣镜前，横刀立马地一照，呀，哪里是"小关公"，我是"大关公"呢！

这样，整个大年三十我一直戴着花脸，谁说都不肯摘，睡觉时也戴着它。还是睡着后，妈妈轻轻摘下放在我枕边的。转天醒来头件事便是马上戴上，恢复我这"关老爷"的面貌。

大年初一，客人们陆陆续续来拜年，妈妈喊我去，好叫客人们见识见识我这"关老爷"。我手握大刀，摇晃着肩膀，威风地走进客厅，憋足嗓门儿叫道："我——姓关，名羽，字云长。"

客人们哄堂大笑，都说："好个关老爷，有你守家，保管大鬼小鬼进不来!"

我愈发神气,大刀呼呼抡两圈,摆个张牙舞爪的架势,逗得客人们笑个不停。只要客人来,妈妈就喊我出场表演。妈妈还给我换上只有三十夜拜祖宗时才能穿的那件青缎金花的小袍子,我成了全家过年的主角,连爸爸对我也另眼看待了。

我下楼一向不走楼梯。我家楼梯扶手是整根的光亮的圆木。下楼时便一条腿跨上去,"刺溜"一下滑到底。这时我就故意躲在楼上,等客人来便突然从天而降,叫他们惊奇,效果会更响亮!

初一下午,来客进入客厅,妈妈一喊我,我跨上楼梯扶手飞骑而下,"呜呀呀"大叫一声闯进客厅,大刀上下一抡,谁知用力过猛,脚底没根,身子栽出去,"啪"的一声巨响,大刀正砍在花架上一尊插桃枝的大瓷瓶上,"哗啦啦"一阵响,只见瓷片、桃枝和瓶里的水飞向满屋。一块瓷片从二姑脸旁飞过,险些擦上了。屋内如淋急雨,所有人穿的新衣裳都是水渍。再看爸爸,他像老虎一样直望着我。哎哟,一根开花的小桃枝迎面飞去,正插在他梳得油光光的头发里。后来才知道被我打碎的是一尊祖传的乾隆官窑百蝶瓶,这简直是死罪!我坐在地上吓呆了,等候爸爸上来一顿狠狠地揪打。妈妈的神气好像比我更紧张,她一下抓不着办法救我,瞪大眼睛等待爸爸的爆发。

就在这生死关头,二姑忽然嘻嘻一笑,拍着一双雪白的手说道:"好啊,好啊,今年大吉大利,岁(碎)岁(碎)平安哪!哎,关老爷,干吗傻坐在地上,快起来,二姑还要看你耍大刀呢!"

谁知二姑这是施了什么法术,绷紧的气氛霎时就松开了。另一位姨婆马上应和说:"旧的不去,新的不来;不除旧,不迎新。您等着瞧吧,今年非抱个大金娃娃不成,是吧?"她满脸欢笑朝我爸爸说,叫他应声。其他客人也一拥而上,说吉祥话,哄爸爸乐。

这些话平时根本压不住爸爸的火气,此刻竟有神奇的效力,迫使

他不乐也得乐。过年乐，没灾祸。爸爸只得嘿嘿两声，点头说："啊，好，好，好……"

尽管他脸上的笑纹明显含着被克制的怒意，我却奇迹般地因此逃脱了一次严惩。妈妈对我丢了眼色，我立刻爬起来，拖着大刀，狼狈而逃，身后还响着客人们着意的拍手声、叫好声和笑声。

往后几天里，再有拜年的客人来，妈妈不再喊我，"节目"被取消了。我躲在自己屋里很少露面，那把大刀也掖在床底下，只是花脸依旧戴着，大概躲在这硬纸后边再碰到爸爸时有种安全感。每每从眼孔里望见爸爸那张阴沉含怒的脸，我不再觉得自己是"关老爷"，而是个"可怜虫"了！

过了正月十五，大年就算过去了。我因为和妹妹争吃撤下来的祭灶用的糖果，被爸爸抓着腰提起来，按在床上狠揍了一顿。我心里清楚，他是把打碎花瓶的罪过加在这件事上一起清算，他向我要来那把惹祸的大刀，用力折断，大花脸也被他撕成碎片片。

从这事，我悟到一个祖传的概念：一年之中唯有过年这几天是孩子们的自由日，在这几天里，无论怎样放胆去闹，也不会立刻遭到惩罚。这便是所有孩子都盼望过年的深层的缘故。

当然那被撕碎的花脸也提醒我，在这有限的自由里可得勒着点自己，当心事后加倍地算账。

捅马蜂窝

○冯骥才

爷爷的后院很小,它除去堆放杂物,很少人去,里边的花木从不修剪,快长疯了!枝叶纠缠,阴影深浓,却是鸟儿、蝶儿、虫儿们生存和嬉戏的一片乐土,也是我儿时的乐园。我喜欢从那爬满青苔的湿漉漉的大树干上,取下一只又轻又薄的蝉衣,从土里挖出筷子粗肥大的蚯蚓,把团团飞舞的小蠓虫儿赶到蜘蛛网上去。那沉甸甸压弯枝条的海棠果,个个都比市场上买来的大。这里,最壮观的要数爷爷窗檐下的马蜂窝了,好像倒垂的一只大莲蓬,无数金黄色的马蜂爬进爬出,飞来飞去,不知忙些什么,总有百十只之多,以致爷爷不敢开窗子,怕它们中间哪个冒失鬼一头闯进屋来。

"真该死,屋子连透透气儿也不能,哪天请人来把这马蜂窝捅下来!"奶奶总为这个马蜂窝生气。

"不行,要蜇死人的!"爷爷说。

"怎么不行?头上蒙块布,拿竹竿一捅就下来。"奶奶反驳道。

"捅不得,捅不得。"爷爷连连摇手。

我站在一旁,心里却涌出捅马蜂窝的强烈欲望。那多有趣!当我被这个淘气的欲望鼓动得难以抑制时,就找来妹妹,趁着爷爷午睡的当儿,悄悄溜到从走廊通往后院的小门口。我脱下褂子蒙住头顶,用扣上衣扣儿的前襟遮盖住脸，只露一双眼；又把两根竹竿接绑起来，作为捣毁马蜂窝的武器。我和妹妹约定好，她躲在门里，把住关口，待我捅下马蜂窝，赶紧开门放我进来，然后把门关住。

妹妹躲在门缝后边，眼瞧我这非凡而冒险的行动。我开始有些迟疑，最后还是好奇战胜了胆怯。当我的竿头触到蜂窝的一刹那，好像听到爷爷在屋内呼叫，但我已经顾不得别的，一些受惊的马蜂"轰"地飞起来，我赶紧用竿头顶住蜂窝使劲地摇撼两下，只听"嗵"一声，一个沉甸甸的东西掉下来，跟着一团黄色的飞虫腾空而起。我扔掉竿子往小门那边跑，谁料到妹妹害怕，把门在里边插上，跑了，将我关在门外。我一回头，只见一只马蜂径直而凶猛地朝我扑来，好像一架燃料耗尽、孤注一掷的战斗机。这复仇者不顾一切而拼死的气势使我惊呆了。我抬手想挡住脸，只觉眉心像被针扎似的强烈地一疼——挨蜇了！我捂着脸大叫，不知道谁开门把我拖到屋里。

当夜，我发了高烧。眉心处肿起一个枣大的疙瘩，自己都能用眼瞧见。家里人轮番用醋、酒、黄酱、万金油和凉手巾处理，也没能使我那肿疮迅速消下来。转天请来医生，打针吃药，七八天后才渐渐痊愈。这一下可不轻呢！我生病也没有过这么长时间，以致消肿后的几天里不敢到那通向后院的小走廊上去，生怕那些马蜂还在小门口等着我。

过了些天，惊恐稍定，我去爷爷的屋子。他不在，隔窗看见他站在当院里，摆手召唤我去，我大着胆子去了。爷爷手指窗根处叫我看，原来是我捅掉的那个马蜂窝，却一只马蜂也不见了，好像一只丢弃的干枯的大莲蓬头。爷爷又指了指我的脚下，一只马蜂！我惊吓得差点叫起来，慌忙跳开。

"怕什么，它早死了！"爷爷说。

仔细瞧，噢，原来是死的。仰面朝天躺在地上，几只黑蚂蚁在它身上爬来爬去。

爷爷说:"这就是蜇你的那只马蜂。马蜂就是这样,你不惹它,它不蜇你。它要是蜇了你,自己也就死了。"

"那它干吗还要蜇我呢——它不就完了吗?"

"你毁了它的家,它当然不肯饶你,它要拼命的!"爷爷说。

我听了心里暗暗吃惊。一只小虫竟有这样的激情和勇气。低头再瞧瞧那只马蜂,微风吹着它,轻轻颤动,好似活了一般。我不禁想起那天它朝我猛扑过来时那副视死如归的架势,与毁坏它们生活的人拼死一搏,真像一个英雄……我面对这壮烈牺牲的小飞虫的尸体,似乎有种罪孽感沉重地压在心上。

那一窝马蜂呢,无家可归的一群马蜂呢,它们还会不会回来重建家园?我甚至想用胶水把那只空空的蜂窝粘上去。

这一年,我经常站在爷爷的后院里,却始终没有等来一只马蜂。

转年开春,有两只马蜂飞到爷爷的窗檐下,落到被晒暖的木窗框上,然后还在过去的旧巢的残迹上爬了一阵子,跟着飞去而不再来。空空又是一年。

第三年,风和日丽之时,爷爷忽叫我抬头看,隔着窗玻璃看见窗檐下几只赤黄色的马蜂忙来忙去。在这中间,我忽然看到,一个小巧的、银灰色的蜂窝已经筑成了。

于是,我和爷爷面对面开颜而笑,笑得十分舒心。

我不由得暗暗告诉自己,再不做一件伤害旁人的事。

长衫老者

○冯骥才

我幼时,家对门有条胡同,又窄又长,九曲八折,望进去深邃莫测。隔街是店铺集中的闹市,过往行人都以为这胡同通向那边闹市,是条难得的近道,便一头扎进去,弯弯转转,直走到头,再一拐,迎面竟是一堵墙壁,墙内有户人家。原来这是条死胡同!好晦气!凡是走到这儿来的,都恨不得把这面堵得死死的墙踹倒。

怎么办?只有认倒霉,掉头走出来。可是这么一往一返,不但没抄了近道,反而白跑了长长一段冤枉路。正像俗话说的:贪便宜者必吃亏。那时,只要看见一个人满脸丧气从胡同里走出来,哈,一准知道是撞上死胡同了!

走进这死胡同的,还有一些小商小贩,为了省脚力,推车挑担窜进来,这就热闹了。本来狭窄的道儿常常拥塞,车轱辘碰伤孩子的事也不时发生。没人打扫它,打扫也没有用,整天土尘满巷。人们气急时就叫:"把胡同顶头那家房子扒了!"房子扒不了,只好忍耐;忍耐久了,渐渐习惯。就这样,乱乱哄哄,好像它天经地义就该如此。

一天,来了一位老者,个子矮小,干净爽利,一件灰布长衫,红颜白须,目光清朗,胳肢窝夹个小布包包,看样子像教书先生。他走进胡同,一直往里,可过不久就返回来。嘿,又是一个撞上死胡同的!

这位长衫老者却不同常人。他走出来时，面无懊丧，而是目光闪闪，似在思索，然后站在胡同口，向左右两边光秃秃的墙壁望了望，跟着蹲下身，打开那布包，包里面有铜墨盒、毛笔、书纸和一个圆圆的带盖儿的小饭盆。他取笔展纸，写了端端正正、清清楚楚四个大字：此路不通。又从小盆里捏出几颗饭粒，代作糨糊，把这张纸贴在胡同口的墙壁上，看了两眼便飘然而去。

咦，谁料到这张纸一出，立刻出现奇迹。过路人刚要抄近道扎进胡同，一见纸上的字，转身就走，小商贩们即使不识字，见这里进出人少，疑惑是死胡同，自然不敢贸然进去。胡同陡然清静多了。过些日子，这纸条给风吹雨打，残破了，胡同里的住家便用一块木板，依照这四个字写在上边，牢牢钉在墙上，这样就长久地保留下来。

胡同自此大变样了。

它出现了从来没见过的情景：有人打扫，有人种花，有孩童玩耍；鸟雀也敢在地面上站一站。逢到一夜大雪过后，它犹如一条蜿蜒洁白的带子，渐渐才给早起散步的老人们踩上一串深深的雪窝窝。这些饱受市井喧嚣的人家，开始享受起幽居的静谧和安宁了。

于是，我挺奇怪，本来这么简单的一个举动，为什么许多年里不曾有人想到？我因此愈加敬重那矮小、不知姓名、肯思索、更肯动手来做的长衫老者了……

小 鞋 子

○巩高峰

那双鞋在我眼前出现时,我觉得它简直不是从鞋盒里被拿出来的,而是自己跳出来的,带着耀眼的光芒。鞋是真皮的,枣红色的鞋面,橙黄色的牛筋底,鞋底有一排可爱的菱形方框,鞋带松松垮垮地系着,仿佛在懒散又傲娇地说:"你来穿我啊!"

这可是我第一双皮鞋,而且竟然是我、爸、买、的!

我爸什么人啊,在他眼里,只有天塌下来才是事儿,所以他总出门,却连糖果都没给我们买过一块儿,更别说衣服鞋子玩具了。我严重怀疑他知不知道我们衣服穿多大,裤子有多长。可这次,我爸不知道哪根筋搭错了,竟然给我买了双皮鞋,是单独给我一个人买的哦。天啊,他挑的还是最洋气的枣红色,最神奇的是,他竟然知道我的脚是几码……

这种种破天荒加在一起,让我心里严重不踏实。那天傍晚,我妈给我洗脸、洗手、洗脚,然后试鞋子。我不知道试穿鞋子为什么要洗手洗脸,只是有些恍惚地照做。我惴惴不安地想,不会等一会儿把我梳洗打扮好了,弄得干干净净漂漂亮亮的,然后将我卖了吧?

皮鞋正合脚,软软的底,硬硬的帮,系上蝴蝶结状的鞋带。我妈高兴地拍了拍手,让我走两步:"去给你爸看看。"我像是踩在棉花上,

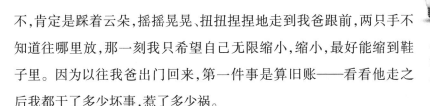

不,肯定是踩着云朵,摇摇晃晃、扭扭捏捏地走到我爸跟前,两只手不知道往哪里放,那一刻我只希望自己无限缩小,缩小,最好能缩到鞋子里。因为以往我爸出门回来,第一件事是算旧账——看看他走之后我都干了多少坏事,惹了多少祸。

可现在他一直对我笑,笑得我心里发毛。

见我表演完毕,我妈笑着招手让我回去,说:"我先替你把皮鞋收起来,等过年过节或者有什么重要日子,你穿出去绝对洋气!"

我这才发现弟弟小肆的眼神,那已经不是羡慕嫉妒恨所能形容的了。我有点心虚地低下头,看着我妈仔细地把鞋子裹上防潮纸,装进盒子,塞到床下的箱子里。小肆的眼睛一直跟着那双鞋走,等我妈盖上箱子,推进床底下,再放下床单,小肆的眼睛似乎还粘在鞋上没出来。

我心里噼里啪啦开始翻日历,我妈说的过年过节或者重要日子,下个星期堂哥结婚,全家都要去吃酒席,这算不算重要日子?

我得到的答案是否定的,因为酒席人太多,那些菜汤汤水水的,把鞋弄脏了怎么办呢?

我在心里继续翻日历。中秋节刚刚过去了,后面等到过年可有点儿远,冬天都还没到呢。那,只能等下个月了,因为下个月学校颁奖大会要颁发上个学期班级前三名和三好学生的奖状奖品,我肯定是要上台的。想象着我穿着闪闪发光的新鞋子,一步一步"咔咔"走上台,腋下夹着奖状,手捧着奖品,全校老师和同学都能看到我枣红色的皮鞋,然后"哗哗"鼓掌,那我得多有面子!

我很快就把自己在脑海里描述无数遍的场景说给小利听,想提前得到点儿艳羡。可是小利满眼的怀疑:"你爸揍你都嫌不够,还能给你买新皮鞋?"

我就知道小利不能相信,所以趁我妈不在家,我掀开床单,拉出箱子,打开鞋盒,解开防潮纸,让小利亲眼看看。小利看完还用手摸了摸,装作内行地说:"皮子不错。"我满足地把鞋子裹上防潮纸,再准备放回去,发现鞋子的鞋带没了。我带着点儿惊慌一回头,一道身影闪过,是小肆。他眼里有几丝惊慌,又装作没事人一样。

"是不是你拿了鞋带?"我没有大声,也没有生气,我喜欢先礼后兵,"要是拿了赶紧给我,就什么事儿也没有。"

小肆微微低下了头,接着又仰了起来,说:"如果你答应把皮鞋让我穿一下,我就把鞋带给你。只穿一下!"

我懒得跟小肆计较,我是他哥哥,赢了他我也不光彩,万一输了——当然我不会输的,我说的是万一——我爸很快就会帮他赢回去。所以我点点头,大方地说:"没问题,不过要等我先穿过之后。"

小肆一见我点头,就兴奋地跑到里屋,从他的书包里拿出那两根鞋带,我一点一点穿回到鞋上。

等待颁奖大会的日子是我一天一天掰着指头熬过去的,我每天似乎都能听到鞋子在我妈的床底着急地"砰砰"乱跳。

可颁奖大会终于到来的那天,天公不作美,一大早就满天乌云,要下大雨的样子。我妈不肯让我穿新鞋去学校,说下雨了又是水又是泥的,把新鞋穿坏了。我带着侥幸进行最后的努力:"天气预报没说有雨,也许不会下呢。"

没想到一旁的奶奶说话了,她跟我妈三天两头吵架,这次竟罕见地站在我妈那边,说:"今天肯定要下雨,昨天我这手腕就疼了。几十年了,手腕一疼准下雨,比天气预报还准。"

连最疼我的奶奶都不帮我,我只好悻悻地带着一肚子的失望和落寞去学校,即将到来的颁奖大会让我觉得一点儿意思也没有。

这个机会错过了,后面只能再等过年,到时配上新衣服,走亲戚串邻居的,也能熠熠生辉。想想那一刻,盖过小利他们的风头,成为大家的焦点,那是肯定的。

我只能这么安慰自己,不然这中间好几个月的时间,让我怎么过呢？好在还有比我更着急的,小肆。我有机会而不能穿新鞋,他显得比我更失落,因为说好的,我不穿第一次,他别想尝鲜。

所以大年三十的那天早晨,小肆醒来的第一件事不是问我妈要他的新衣服,而是催着我赶紧穿新鞋。外面下了大雪,穿上新皮鞋"咯吱咯吱"这么一踩,每一脚下去就是一溜菱形小方框……我想着就乐,赶紧套上新衣,这会儿小肆已经跳下床帮我拿来了新皮鞋。

奇怪的是,第一只鞋我就感觉似乎穿不进去了。鞋带系得太紧？我松开鞋带,重新再试,冤枉鞋带了,的确是塞不进去。我有点慌了,脱下脚上的厚棉袜子,再试,这下勉强穿上了,可是脚在鞋里是弓着的,像个委屈的老鼠。

我焦急地叫来我妈,问她这是怎么回事,话里满是埋怨。这肯定怪她啊,好好的新皮鞋,不让穿不让穿不让穿,你看,热胀冷缩,鞋子变小了吧！

我妈试着把我的左脚也塞进了鞋子,让我站起来走走看。可哪里能走哇,光站着双脚就钻心地痛。我奶奶一直跟我说她小时候裹小脚的各种痛苦,在我想来,那痛也不过如此吧。

我妈见我满脸痛苦的表情,反倒笑了,说:"今年先长脚,明年该长个头了！这鞋你没法穿了,只能给弟弟穿。"

听我妈这么一说,我和小肆都愣住了。我们俩的愣不一样,小肆满脸都是不相信的意外惊喜,而我则是心疼、不甘、惊讶、惋惜……复杂难言。这下倒是一切都应验了,小肆的确是在我穿过之后才能穿这双新鞋,不同的是,他不是只穿一次,而是要一直穿下去,直到鞋子穿烂或者他也穿不下为止。

我坐在床上,惆怅地看着大年三十满地的大雪,这个年真是……

我唯一的安慰是"今年先长脚,明年该长个头了"。虽然失去一双新鞋,但长高一些总是好事,这,就算是我的新年礼物吧。

小 黑 店

○巩高峰

天底下最好听的声音是什么？

是我妈在厨房里正忙活着，突然探出头来朝我喊："酱油没了，快去叽咕咚家打一斤，等着下锅炒菜！"

你看啊，酱油是一块钱一斤，而我家的酱油瓶即使装得满满当当的，也不过八两。可是每次我妈把酱油瓶递给我的时候，都是顺手给我一张一块的钞票——嗯，她身上有八毛的可能性很小，也没法现折个角让一块变成八毛。所以，打一瓶酱油有两毛钱的油水可捞啊！

我妈也知道一块和八毛的秘密，所以她总会在我欢天喜地地冲出家门的时候补一句："你看着点儿，别让叽咕咚往里兑水！"

叽咕咚这名字一听就是外号，他大名叫纪国栋，五十多岁，他的食杂店里卖油盐酱醋糖这些鸡零狗碎的生活必需品。往叽咕咚家跑的路上，我心里的小算盘噼里啪啦就打开了，最近我看上小虎队的一盘磁带，小利已经有了，好听得要死。小利倒也愿意借给我听，可总不能整天借吧。不过这阵子我手头紧，如果靠一个月打一回酱油攒的那两毛钱，我估计小学毕业也不一定能买到手。

没别的办法可想，只能学叽咕咚，硬抠。我看着叽咕咚家的方向，忍不住笑了。叽咕咚的抠，早已冲出我们村走向全镇了。这人又高又瘦,所以他喜忧参半,喜的是瘦,这会让他饭量小,吃得少。而高就是忧了,因为做衣服费布。这可不是我笑话长辈,就说他家那食杂店吧,屋里永远黑咕隆咚,他不肯开灯,嫌费电。当然,另一个说法是:给别人打酱油、醋和酒的时候,光线不好可以掩护他往里兑水。我最讨厌的是他家的屋里比外面低一截,像个坑,却又弄了一个又高又宽的青石条当门槛。我每次进屋,一下扑进黑暗里,感觉跟跳悬崖似的。问他为什么弄这么高的门槛,叽咕咚在黑暗里幽幽地说:"你小孩子家家的知道什么,这地形聚财,水往低处流知道吧!"

说起叽咕咚抠门的事儿,那可够我坐在青石条门槛上说半天的。挑一个我亲眼见过的吧,叽咕咚喝粥。桌上一碗玉米渣子粥,一小碟黄豆酱,大概几粒黄豆隐约可以数出来。他先用筷子顺着碗边儿把粥都抹到嘴前来,呼噜呼噜几大口,停下来,夹一粒沾着酱的黄豆,放嘴里呷吧呷吧两下,之后又夹回碟子里。然后又是喝一阵粥,再把那粒又沾上酱的黄豆放回嘴里。几次三番,碗里的粥没了,他才夹着那粒黄豆,和着最后一口粥,嚼着咽了下去。他喝过粥的碗和筷子干净得根本不用洗的。

叽咕咚对自己抠,别人顶多就当看笑话,可他对别人也抠,大家就有意见了。在他家买东西,就没有不被他克扣的,盐、糖从来都是连纸和包扎绳一起算重量卖的,酱油、醋、酒,一斤兑二两水,人尽皆知。就连去他那儿买盒火柴,里面也会被他抽出好几根来留着自家用。可是没办法,村里一共就两家食杂店,总不能锅里还炒着菜,穿过整个村去另一家买吧。再说了,用我爸的话说,天下乌鸦一般黑,无商不奸。

想了半天,我只能寄希望于把叽咕咚盯紧一点,好给自己留点儿机会。我小心翼翼地从门槛上扑进黑暗里,甜甜地叫了一声:"纪大爷,我妈让我打半斤酱油!"

叽咕咚在柜台里疑惑着"嗯"了一声："打半斤？你家每次都是打八两的。"

我脸热了一下，估计红了，好在屋里黑，看不见。我淡定地说："嗯，今天我妈说打五毛钱的先对付一阵。"

叽咕咚慢悠悠起身，接过我手里的酱油瓶，凑在眼前迎着外面的光线看了看，然后弯腰往角落里走。我慢慢适应了屋里的光线，看到柜台上放着一盒拆了一半的火柴，显然是叽咕咚又在从每盒火柴里克扣几根，于是我抓过来"嚓"的一声，点着了一根，讨好地说："纪大爷，我给您照亮儿！"叽咕咚满脸都是恼怒："这孩子，照什么亮啊，闭着眼我都不会弄错。你乱擦火柴，浪费，又不安全，这缸里可是好酒，着火了怎么办？"

我抿着嘴笑了。我不过就是提醒他，我在你身后看着呢，别使花招。叽咕咚在黑暗里熟稔地把漏斗准确插进酱油瓶中，拿起半斤的勺，在酱油缸里哗啦哗啦搅了几下，舀了一勺，灌进酱油瓶，发出汩汩的细碎声响。

我给了一块钱，叽咕咚找了我五毛。我把五毛钱折了三次，塞进裤兜里的小玻璃瓶，估计这个瓶塞满了，小虎队的专辑也就到手了！

拎着半瓶子晃荡的酱油，我一溜小跑回到家，先躲在厨房门外，用凉水慢慢往酱油瓶里灌。眼看着黑色酱油慢慢升高到瓶口那块儿，酱油已经明显稀了，颜色也由黑变红。

我妈接过酱油只端详一眼，就满脸怒色，说："这叽咕咚真是越来越不像话，这卖的是酱油还是水啊！"说完又冲我发火，"他打酱油时你看没看着啊？"

我心虚道："看着啊，我还擦了根火柴给他照亮呢。"

我妈越想越气不过，突然一摔锅铲，一手拎着酱油瓶，一手拽着我，去找叽咕咚算账。

我一路磨磨蹭蹭，可还是没能拦住我妈，她最后几乎是揪着我来到叽咕咚家。我妈也没客气，开门就见山："他纪大爷，孩子来打酱油你也知道是谁家的，怎么能糊弄小孩呢？八两酱油得有三两水！"叽咕咚显然有点急了："我，我……没兑啊……"我妈可不管他，自顾自理直气壮说下去："你不知道酱油兑多了水几天就坏啊，几毛钱倒是小事，到时一家人吃坏了肚子怎么办？！"

叽咕咚有点儿有口难辩的意思，竟然一伸手开了电灯，来到酱油缸旁，拿着三个勺子回身说："不瞒你说，这生人和外村的来打酱油，一斤我才兑一两水，咱们这一个村又邻里邻居的，我怎么可能蒙小孩呢！"他举起最小的勺子说。

我妈见叽咕咚不承认，急了，几大步迈出门外，嗓门加大，嚷嚷道："你也知道邻里邻居的啊，叽咕咚，你这么干下去，可是开黑店啊！你自己都说过，兔子不吃窝边草，不能小孩来打酱油，你就敢使劲儿往里兑水啊！"

没多会儿，就聚了一大群看热闹的邻居和路人。我躲在人群外，低头坐在门槛的青石条上，脸红耳热，胳肢窝也悄悄出汗。我不知道该怎么办，承认了吧，少不了挨顿打，不承认呢，这事闹下去不知道该怎么收场。

很快，叽咕咚的儿子纪连海来了。纪连海嫌他爸叽咕咚太抠门，觉得丢脸，不肯在食杂店帮忙就算了，还经常当着来买东西的人的面揭叽咕咚的短，说为了仨瓜俩枣缺斤短两最没意思。纪连海一声不吭，进屋就找了个干净瓶子，灌了满满一瓶酱油塞到我妈手里，意思是息事宁人。叽咕咚在旁边急了，叫嚷着："我对天发誓今天我没兑水，打半斤酱油，我兑水的话谁看不出来？！"

"半斤？"我妈似乎反应过来了，忙从兜里掏出一块钱拍在叽咕咚手里,说:"我来不是想占你便宜,只是想要一斤好酱油。"说完连忙转身,一手拽起我,一手拎着酱油瓶,快步回家。

　　路上,我妈只扭头看了我一眼,我就全招了。

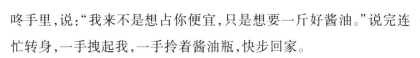

山那边的童话

○唐丽妮

祖　宗

祖宗住在老屋。老屋里只有祖宗。祖宗有一张方桌子,一只圆口香炉。

"祖宗最喜欢过节。"奶奶不说,我也知道。

节日一到,奶奶就把家里最大的公鸡杀了,鸡脖子一扭,把鸡头对着正前方,放锅里煮。豆荚啪啪跳,锅盖噗噗响,我的口水哗哗流,可奶奶不管。奶奶只管死守着锅盖不给揭。

"好了。"奶奶开了盖,吹一口气,白气儿飘走了。黄灿灿、油光光、香喷喷的大公鸡端出来,热腾腾摆上祖宗的方桌子。又摆上糖,摆上饼,摆上碗口粗的大米粽,还有一瓶烧酒,五只酒杯,五碗饭。

祖宗真贪吃,一个人要那么多。我还知道,奶奶的藤篮里还藏有好多好东西。

奶奶从藤篮里拿出香和烛,点燃,拜三拜,恭恭敬敬插入香炉里。不一会儿,香气儿就腾腾地钻鼻子,烟气儿就腾腾地飘屋顶。

"风儿,给祖宗斟酒。"

哎。一、二、三、四、五,五杯。烧酒真香,祖宗一定很喜欢。要不然,奶奶怎么让我斟了一次,还斟一次,再斟一次,一共斟三次?

"风儿,快叫祖宗保佑风儿。"

"哎。"跪下去,磕三个响头。

我看到祖宗了。呵呵呵……先是笑声从屋顶飘下来。然后,祖宗就下来了,顺着圆口香炉的烟气儿溜下来,溜竹竿儿一般,"吱"的一声,祖宗就站在我面前了。白衣白裤,白胡子,白眉毛,光脑袋。他弯着腰,笑眯眯地看我。一说话,白胡子就扫着我鼻子,痒酥酥的。祖宗说:"小风儿,小风儿……"

奶奶没看见祖宗。奶奶忙得很呢,忙着从藤篮往外掏宝贝,纸宝,纸钱,纸衣,纸屋子,拢成一堆,"哧"地划一根火柴,点过去。好,点着了。奶奶拿着一根小棍子,一心一意对付纸宝贝,挑一下,火就旺一些,再挑一下,火再旺一些。火烧起来了,烟浓起来了,灰飞起来了。

奶奶蹲在火堆旁,皱皱的脸忽儿红,忽儿暗,细碎的纸灰在头上飞来飞去。奶奶一边挑火一边念念有词:"祖宗大恩大德,保佑咱风儿长命百岁,福禄富贵……"

原来奶奶也看见祖宗了呢。

"风儿,放爆竹,送祖宗。"

"哎——"我喜滋滋地冲到藤篮边,那里还有一小卷爆竹。一把抓在手里,从香炉拔一支燃着的香,跑出老屋门外。爆竹搭在砖头上,我撅着屁股,手伸长,把香送过去,颤颤抖抖地点引线。

——冒烟了,赶紧跑。

啪,啪,啪……香扔了,鞋掉了,捂着耳朵钻到奶奶怀里。

祖宗走了,只喝了烧酒,没吃糖,没吃饼,大公鸡也没尝一口。

"风儿,吃吧,快吃吧!"奶奶把糖放我左口袋,把饼放我右口袋,两只大鸡腿塞到我一双手里。

"奶奶,鸡腿真好吃！你也吃啊！"我把一只鸡腿递给奶奶。

"风儿吃,奶奶不爱吃鸡腿。"奶奶撩起衣襟给我擦一下油腻腻的脏脸蛋。

哦,我忘了。那年,奶奶从村口把我捡回来时,就跟我说过,她不爱吃鸡腿,爱吃鸡屁股。

"奶奶,我吃了祖宗的鸡腿,我不就变成祖宗了吗？"我拍拍圆鼓鼓的肚子。

"嗯。风儿就是奶奶的小祖宗。"奶奶用手指轻轻一刮我的小鼻子。

土地公公

土地公公不住土地庙,住地底下。土地庙里坐着的那个泥像是土地公公的替身,替他管理粮食的。土地公公那么忙,又那么贪玩,他可坐不住。

白天呢,土地公公在地里钻来钻去,到田里看看稻谷,到山里看看树苗。有时候,也会藏在哪个土疙瘩下面,看活蹦乱跳的小孩子,或者挠挠他们的小脚丫。土地公公特别喜欢小孩子,尤其喜欢挠他们的光脚丫。土地公公的手是有仙气的,被他挠过脚丫子的小孩子都长得壮。如果你看到村里有哪个孩子长得特别神气,那一定是这孩子特乖,特招土地公公喜欢。

夜晚呢,土地公公就回到庙里,啃烧鸡,嘎嘣嘎嘣,嚼得脆响。如果夜里你听到有嘎嘣嘎嘣的声音,别怕,那是土地公公在啃鸡骨头。土地公公还很爱喝酒,喝多了就唱唱跳跳。现在你知道了吧,夜里你听到的说话声,其实是土地公公在说酒话呢。

土地公公有很多朋友,都是他请去的。他整天在村子地底下溜达,有事没事就数老人的白头发。哪个老人的白头发和他差不多了,他就把人家请下去。他请老人喝喝酒,吃吃花生米,看看地底下的庄稼。地底下的庄稼就是庄稼的根。农民收庄稼的果实,土地公公收庄稼的根。他们相处了几千年,好得很,从来没吵过嘴。老人们呢,跟果实打了一辈子的交道,也想侍弄一下庄稼的根。再说,土地公公见识那么多,跟他拉拉话儿又是十分开心的事情。所以,老人也都乐意交土地公公这个朋友。

有一些老人跟土地公公相处久了,连模样都变了,变得跟土地公公一模一样,还有了跟土地公公同样的仙气,成了另外很多个土地公公。现在呢,地底下已经有数不清的土地公公啦,他们在不同的地方和农民一起照看着庄稼和树林。

有时候,土地公公也会请错人的,把一个小孩子当成老人家请到地底下。有一次,他就差点把我请了去。

奶奶说,本来,土地公公是要请她去的,却错把请柬放在我的小胸口上。我是那么小那么小,石头做的请柬又是那么沉那么沉,在黑咕隆咚的夜里把我压了一宿,我这么个小不点哪儿受得了呀。眼看着只见出气不见进气了,奶奶气得颠着小脚跑到庙里把糊涂的土地公公骂了一通,还要了一小包香灰。

奶奶回到家的时候,灶上的药罐正好冒盖,噗噗地喷香气儿。奶奶把香灰撒在地上,再淋上一点点水。做完这些,奶奶就把药罐拿下来。拿下来不是倒药汁给我喝,而是把药罐搁在有点儿湿的香灰上,过一会儿,才又放回灶上。奶奶说,那是为了让药罐吸土地公公的仙气。难怪了,药罐一碰到地上的香灰就吱吱地叫唤,像小娃娃吃奶一样。后来,我喝了几次吸有仙气的药汁,果然就好了,活蹦乱跳的,比先前还要好,神气儿特别足。

奶奶就特别高兴,笑眯眯地说:"风儿,你看,奶奶讲得没错吧?

土地公公是有仙气的,讲话也算数,靠得住！难怪你爷爷要跟他走。"

奶 奶

奶奶好像快要死了。

奶奶躺在床上,身上盖着蓝布印花被子,皱皱的脸肿得像冬瓜,又大,又圆,又黑。奶奶已经不像奶奶的样子了,更加不像相片上的奶奶。

奶奶有一张相片,很旧很旧的,上面有一个院子,院墙有雕着花的窗子,有月亮一样的门,院里有一个莲花池,池里开满莲花,一个像仙女一样好看的姑娘站在莲池边。那是年轻时的奶奶,院子是奶奶年轻时的家。

奶奶一直闭着眼睛,好久好久都没睁开。

我脱了鞋子,爬到床上,躺在奶奶身边,盖上被子,又蹬开。夜里,只要我一蹬被子,奶奶一准醒,侧身帮我盖好被子,还摸索着把被角掖到我身下。可是,这一次奶奶没有醒,眼睛闭得紧紧的。于是,我想,奶奶可能快要死了。二丫说过,她的奶奶就是躺在床上,睡着睡着,就死了。

我有点害怕。

"奶奶,奶奶,你要死了吗?"我坐起来,推奶奶。

奶奶的眼皮动了一下,又动了一下,然后就睁开啦。奶奶看到我着急的样子,笑了,轻轻地说:"风儿,别害怕,奶奶不是要死了,奶奶是要到土地公公家做客哩。前年土地公公不是给奶奶下请柬了吗?还把请柬错放在风儿身上呢。"

"哦。这个我知道。土地公公不是每个人都请的,只有有福气的老人才能得到他的请柬。奶奶那么好,自然是有福气的了。可是,我怎么没见过土地公公的请柬呢?"

"傻丫头,请谁谁才能看得到呀,要不然,那请柬不就被别人抢了去?"

"奶奶,你还会回来吗?"

"会啊!风儿想奶奶了,就给奶奶烧香,奶奶就会回来看风儿的。"

"那风儿天天给奶奶烧香,奶奶就天天回来吗?"

"那也不行啊。奶奶还要给土地公公当客人呢。爷爷也要奶奶陪着呀。"

"可是,风儿一个人会害怕啊。"

"不怕,不怕,风儿是最大胆的孩子。"

奶奶从枕头下摸出一张黄黄的小纸条,让我拿给五爷。

五爷一看到纸条,眼圈儿就红了,哆哆嗦嗦打开。我爬上凳子,摸摸五爷的脸,湿湿的。我说:"五爷爷不害怕,奶奶说了,是土地公公请她去玩耍,想她可以烧香哩。"五爷摸摸我的头说:"对,奶奶真有福气!五爷爷也想得到土地公公的请柬,跟奶奶一起去。"我说:"那不行,你和奶奶得轮流去。"

我一觉醒来,接奶奶的红轿子就来了。

奶奶的红轿子真好看,红红的,长长的,上面还围着一圈彩色的纸,红一张,白一张,紫一张……像一片片莲花瓣儿。风一吹,莲花瓣儿就都打转,还有一阵阵好闻的香气儿,跟奶奶屋里的樟木箱子一样香。

转过一个山梁,再转过一个山梁,奶奶的红轿子在两棵高高的松树下停下来。两棵松树中间有个黑幽幽的洞,通到山的深处。

"五爷爷,这就是去土地公公那儿的路吗?"我问。

"是啊。土地公公和爷爷在那边等着呢。"五爷说。

"走好啊！莲儿。"五爷拍拍奶奶的红轿子,轻轻一推。

呼隆隆,奶奶的红轿子就滑进去了。

接着,我就听到了土地公公的笑声,还有爷爷的笑声,很多很多老人的笑声,山洞里,地底下,草丛中,树梢上,到处都有,呵呵呵,呵呵呵……

我忽然很想奶奶。

"五爷爷,烧香吧。"

五爷就燃了两根大大的红蜡烛,点了一把细细的香,插在洞口的黄泥土上。烟气儿就飘起来了,围着洞口绕呀绕,白茫茫一片。

我对着洞口,手掌贴着手掌,鞋尖挨着鞋尖,恭恭敬敬跪了三跪,叩了九叩。

奶奶就出来了。

奶奶已经变了模样,变得跟相片上莲池边的奶奶一样年轻,一样好看,变成了莲花仙子。

"凤儿,奶奶的小祖宗。"悠悠的烟气儿中,奶奶笑眯眯地走过来,用手指轻轻一刮我的小鼻子。

朦胧少年

○刘建超

我十岁那年喜欢同院里的一位大姐姐。

大姐姐长得可好看。

高高的个儿,长长的腿,走路一蹦一跳,脑后的马尾辫甩来甩去。

大姐姐喜欢和女孩子们跳大绳。

两个人抡起拇指粗的大绳,其余的人排起长队依次从绳中穿过,谁被绳子绊住就被罚去抡大绳。

我喜欢看大姐姐跳绳,男孩儿来找我去玩"攻城"游戏,我不去。

他们说我爱和女生玩。我不理他们。

大姐姐跳出了汗,就从花格格上衣兜儿里掏出一块叠得四四方方的白手绢,轻轻地揩额头上的汗。

我都是把汗和鼻涕一起贡献给自己的两只袖头,袖口蹭得黑亮。

我想引起大姐姐的注意,故意从她身边跑来跑去。

大姐姐根本没觉察到我的存在。

想起来了,我刚刚学会了侧手翻跟头。

我开始在跳绳的女生旁边翻跟头,一个接一个。

有几个女生看到我了,大姐姐没看到。

我又转到大姐姐的对面继续翻,累得气喘吁吁。

我看到大姐姐用手指把零落的头发往耳后捋捋,继续跳绳。

我的跟头就随着大姐姐的视线走。

头晕目眩,天旋地转,砰,身子打了几个滚就骨碌到大绳里了。

我终于引起了大姐姐的注意,听她问身边的女孩儿:"这谁家的孩子? 怎么这么讨厌!"

妈妈惊奇地看着我头上的包:"怎么回事?"

我委屈地哭,说:"你给我买个白手绢!"

部队大院俱乐部前面是个足球场,我们称它为大操场。

大操场四周长满了树,有柏树,有果树。

果树挂果时,孩子们都爱去大操场玩。

家长再三交代不能去摘公家的果子,可馋嘴的孩子管不住自己。午睡时是大人最少的时候,也是孩子们去大操场的最好时机。

我远远就看见大姐姐和一群女生在一棵大果树下踢毽子。

我知道她们也想摘树上的果子,踢毽子只是作掩护。

果然,她们开始想办法摘果子了,用根小棍敲打。

我至今也没记住那是棵什么果树,树干灰黑,结的果子有玻璃球大,三五个一串,酸酸甜甜的。

女生打落了低处的几个果子后就望"果"兴叹了。

我看到大姐姐仰头望着树上的果子,嘴里还喃喃着:"红的都在高处。"

我从没上过树,却不知哪儿来的勇气,自告奋勇地爬上了果树。

诱人的果实都在"险峰"处,我骑在树枝上一点一点靠近果实,摘下一串一串的果子抛到树下,红的,大的,我就抛给大姐姐。

我看到了大姐姐满足的笑,她还不时地给我指点着:"右边,右下方那串,对对……左前方,头顶上,对。"大姐姐的声音真好听。

我还兴致勃勃,女生已经吃够了,开始嚷着牙酸。

不知道是谁说:"该吹起床号了,走吧。"

女生嘻嘻哈哈就往家属院走,大姐姐就没再回头往树上看一眼。

我才知道自己陷入了多么糟糕的境地,我没法从树上下来。

人走光了,我裤子都蹭破了,还是下不来。我就大喊大叫,结果纠察叔叔找梯子把我拽下来了。

叔叔把我交给我妈,我屁股上狠狠地挨了一脚,嘿嘿,不疼。

大操场的一端有沙坑,孩子们在沙坑堆沙堆、挖地道。

大姐姐来了。拿了一根竹竿,把小孩子往沙坑外轰。

学校开运动会,大姐姐参加跳高比赛。

大姐姐看着一群小孩,说:"谁来举竿子?"

我高高地举起了手。

我和二胖被选中擎竿。

大姐姐调整了一个高度:"就这样端着,别动。"

大姐姐跳了一次,没过。又跳了一次,还没过。大姐姐皱了眉头。

第三次,大姐姐跳过去了。我讨好拍手。

二胖告状说我故意把竿子放低了。

大姐姐很生气地拨拉着我的头:"捣什么乱。去一边,换个人来。"

我砸了二胖家的玻璃。

大姐姐被挑选参加部队的文艺宣传队,和一群当兵的唱歌跳舞。

我放学就到俱乐部去看大姐姐排练。

大姐姐唱不好一段曲子,当宣传队队长的叔叔在说大姐姐。

大姐姐哭了。

我也难受，回家不吃饭。

我就找碴儿整我们班的阿飞，我是班长，我有权。

我罚他扫地、打水、倒灰，阿飞不服，不服就揍他。

阿飞的爸爸带着阿飞来我家告状。

阿飞的爸爸是宣传队队长。

大姐姐要和宣传队下部队演出。

叔叔阿姨在往车上装道具，大姐姐站在一棵榕树下，榕树开满了小扇子一样的粉红色花。

大姐姐坐车走了。

我每天放学都到大姐姐站过的那棵榕树下盼她回来。

有一天，放学后，我找不到那棵榕树了，到处都是新挖的坑。

爸爸回家，说参加了义务劳动，把俱乐部前面的树都移走了，要扩建修路。

晚饭后，爸爸说要继续给我讲故事，我捂着耳朵大声说："我不听！"

远远就见大姐姐和几个女生有说有笑。

刚刚下过雨的大操场留下一洼一洼的浅水。

天很蓝，云很白。水中有蓝天和白云的影子。

大姐姐小心翼翼地踮着脚尖绕过水洼。

我觉得自己表演的机会来了。

我刚刚参加了学校的运动会，获得小学组跳远第一名。

我瞅准了个好机会，大姐姐正好走到一片水洼前。

我"噌噌"奔跑过去，"腾"地跃起，从水洼上一跃而过。

我听到了女生"哇"的惊叹声。

我忽略了脚下的路还很滑，落地后，整个后背贴着地皮就滑出去了。

在女生嘻嘻哈哈的笑声中,我听到大姐姐说:"跃起的一霎还挺潇洒。"

我脸臊得通红,爬起来就跑,不让大姐姐看出我是谁!

大姐姐参军了,绿军装,大红花,真好看。

我们学校扭秧歌欢送。我扭得最欢。

在大姐姐的那辆车前,我扭着秧歌不走。

后面的同学催我,我还不走。他就推我。

我摔倒了。

大姐姐笑了,还和我挥挥手。

我心里那个美啊,真感谢把我推倒的那个同学。

回到家,洗完脸照镜子,忽然想起,我戴着大头娃娃面罩扭秧歌,大姐姐根本就看不到我。

我再也见不到大姐姐了,才发现自己的腿也蹭破皮了。

我转身找推倒我的那个同学算账去!

20 年后,我和大姐姐不期而遇。

说起部队的大院,她点头:"记得记得。"

说起俱乐部,大操场,她点头:"记得记得。"

说起大果树,宣传队,她点头:"记得记得。"

说起我当初的种种表现,她摇摇头:"是吗? 我怎么不记得?"

我的泪啊……

童年的袭击

○刘建超

我们要对班主任项霞的宿舍进行袭击！

"晓晓,你真听清楚了吗？项老师今晚要谈对象?"

"向毛主席保证。"晓晓急得有些结巴。

"你再说一遍。"

"听其他人说,项霞老师要谈对象,还是个飞行员,要是对象谈成了,项老师就得随军,就不能给我们当班主任了。"

"绝对不能让项老师走。"

"那怎么办?"

"今晚就袭击,让她谈不成对象。"

月亮又亮又圆,静静地挂在空中,几朵云彩轻轻地推着它游走。

晓晓说:"今晚的月亮真美,就像咱项老师。"

"项老师比月亮还美呢。"别看她比我们大不了多少,可她却能把我们这样调皮捣蛋的学生摆治得服服帖帖。

那天,她来我们班上任,我们准备了一套捣蛋的方案,准备给她个下马威。

项老师又大又亮的眼睛,漂亮得像电影明星。她说:"我刚来,先和同学们认识一下。"项老师点了我的名,我故意把"到"字音拉得很长、很长。项老师笑了："小剑，你很聪明，听说三个人才能抵上你一个人。大家都叫你'小诸葛亮'，三个臭皮匠才能抵上一个诸葛亮啊。"

同学们都笑了。

项老师继续点着名："晓晓，听说你手巧身巧，你制作的小木枪跟真的一样，连学校宣传队都用它当道具，能不能也给老师做一把？你爬树技术高超，能端掉鸟窝和蜂巢？""军军，我们学校的长跑冠军，参加公社田径赛得过第二名，对吧？还能一跳三摇地跳绳。""冬冬，学校拔草冠军，每年交给学校的草超过一千斤，几乎天天早晨第一个到校给班里生炉子。"

项老师微笑着，点着同学的名字。我们这些调皮捣蛋的学生，在她眼里竟然有那么多的优点和特长。下课铃响了，我们才发觉准备好的捣乱方案没有用上。

我们班进步了，妈妈拿着我的考试成绩，脸上第一次绽开花样的笑容："项霞老师就是不简单，还真把你们这些浑小子收拾住了。"

"报告班长，我看到有人进了项老师的宿舍了。"

"准备行动!"

晓晓猴子一样三两下就爬上五六米高的白杨树，透过项老师宿舍的玻璃窗，观察屋里的情况："项老师坐在炕沿上，那男的坐在椅子上。项老师给男的倒水了，他们在说话。男的拿着扇子给项老师扇，报告班长，不好，那男的也坐到炕沿上，快和项老师坐在一块儿了……"

"开始袭击!"军军拿着木棒捅门，我们把手中的细沙撒向玻璃窗。

晓晓一吹哨，我们就迅速隐蔽到暗处。

项霞老师和那男的一起出来了，四周看了看，没发现什么，又回到屋里。

晓晓又在报告："报告班长，不好，那男的拉项老师的手了……"

"猛烈袭击！"

暴雨般的细沙撒向窗户，门被木棍捅得咚咚响。

项霞老师走到屋外，静静地在门口站了一会儿。她抬头看着天空中的圆月，朝着我们隐蔽的方向说："小剑，晓晓，老师知道是你们。听老师话，天晚了，快回家吧啊。"

"班长，怎么办？"

"撤！"

第二天，项老师见到我们脸都是红红的，我们装着没事一样。

晓晓说："大功告成，项老师和那个飞行员对象没说成。"

我跑回家，高兴地把项老师谈对象的事告诉了妈妈。

妈妈用手拍了一下我的脑袋："傻孩子，你们不懂事啊。小项老师要是能找个飞行员对象，小项老师就可以不用下乡了，可以继续教学了。"

我懊悔极了，去和晓晓打了一架。

晓晓揉着头上的包："班长，我妈也是这样说的。看来，我们搞错了。"

给项老师找个对象，而且还得是个飞行员！全班同学都发动起来，每天放学，我们都到学校附近找解放军："叔叔，你是飞行员吗？你和我们项老师谈对象吧，我们项老师可漂亮了。"

全班的行动已影响了正常的功课，项霞老师急得掉眼泪，问我们怎么回事。我们向毛主席保证过，打死也不说。

我们没有给项老师找到飞行员，项老师要下乡走了。

项老师拉着我的手说："小剑，你是班长，一定要带头好好学习，班里成绩上不去，老师走了也不会安心的。"

我终于忍不住了，扑在老师的怀里："老师，我们是在给你找对象，找个飞行员对象。"

项老师搂着同学，大家哭成一团。

回 力 鞋

○刘建超

十二岁那年我考上了县体校,学打篮球。我把消息告诉了母亲,母亲并不像我想象得那样高兴,只是说以后要多吃饭多费鞋了。父亲刚转业回到地方,须打理的事很多,我和两个弟弟正是吃饭穿衣蹿个子的年纪。弟弟都是捡我的旧衣服穿的,衣下摆和裤腿接了几截,虽然是一个颜色,却深浅不一样。父母工资不高,每月算计着用到月末也显得手紧,还要照料在山区的奶奶叔叔,日子过得紧巴拮据。父亲倒是挺高兴,说:"蹦蹦跳跳对身体有好处,将来当兵或是找工作也有个一技之长。"还从箱子里翻出两双新的军用胶底鞋,说:"本来是留给你两个弟弟穿的,你上体校,刚好派上用场。"

体校的训练是很艰苦的。清晨天还没放亮,我们就开始体能训练。从体育场跑到伊河桥,再打个来回,要跑上五六公里,一身的透汗溻湿了前胸后背。随后是一个小时的分组基础技能训练,自身的体温将湿透的衣服暖干,晨练也就结束。匆匆忙忙赶回家扒两口饭,背起书包就往学校跑。下午放学后又是两节训练课,吃过晚饭还要有训练比赛。虽然很苦很累,年少精力充沛,也没感觉吃不消。只是鞋子费得厉害,几个月下来,一双军用胶鞋已经缝补了好几次。另一双新球鞋一直没舍得穿,要留到打比赛时用的。

体校里有个叫孬蛋的同学，个头儿不高，身体条件也差。他是没有参加考试开后门进来的，因为他爸爸在县体委工作。同学们看不起他，又羡慕他，因为只有他穿着一双鞋帮子上印有县名的白回力球鞋。训练时，大家像约好了似的总踩他的脚。一堂训练课下来，孬蛋的白球鞋就变成黄的了。课间休息时，大家都脱了鞋晾汗脚，便挨个儿穿上孬蛋的回力鞋体验体验。我套上回力鞋跑了跑，蹦了蹦，才知道原来还有穿起来这么舒服的鞋。我相信我要是有这样一双鞋，我会跑得更快，跳得更高。

我渴望有一双回力鞋。我母亲在百货大楼上班，大百货组卖锅碗瓢盆。我没事的时候就去百货大楼，在卖鞋的柜台旁转来转去。一双回力鞋要六元多呢，那时我一年交的学费才六角钱。卖鞋的王阿姨看出了我的心事，对我母亲说："你儿子看中回力鞋了，给儿子拿一双，打球排场。"母亲笑笑说："穿啥鞋还不能打球。"我知道一双鞋的钱是好大一笔开销，母亲舍不得，我也张不开口。弟弟连我穿的军用胶底鞋还没有呢。我盼着自己快点长大，能到县篮球联队，享受公家给发的回力鞋。县篮球联队发的鞋也不是给个人的，只是在集训比赛时穿，球队解散，球鞋还是要缴到体委。孬蛋的爸爸就是保管这些运动衣和运动鞋的，平时县篮球队不集训，他爸爸就拿给孬蛋穿。

上体校的第二年，一天放学，女生队的丽丽告诉大家，她妈妈说汽车站要盖车库，运砖的活儿可以让体校的同学干，运一丁砖给两角钱，问大家愿不愿意干。砖场距县城十多里地，而且一路慢上坡。平时我们都是看见劳改犯拉着架子车运砖，苦着呢。我见同学们有些犹豫，鼓动大家说："我们干，到时候每人可以买双像孬蛋一样的回力鞋啊。"大家的劲鼓起来了，一男一女两人拉一辆架子车，大清早就出发。一丁砖二百块，一车拉一丁半，千把斤重，第一趟大家还有说有唱，第二趟有的同学就受不住了。我一天拉了十趟。拉了两天，砖就

回力鞋

运完了。算算账,我拉得最多,拿到了四元钱。我把钱交给母亲,替我存着,等攒够了钱我就买回力鞋。那天,我看到了母亲眼里的泪在闪。

没过多久,母亲下班回来真给我带了一双回力鞋。我捧着鞋,就像捧着得了一百分的考卷。母亲说:"仓库进了老鼠,咬坏了一些商品,就减价了。"我这才发现,一只鞋帮上有几个小窟窿。母亲用白线把鞋上的小洞精心地缝补好,还买了两袋刷鞋用的白鞋粉。第二天,我穿着回力鞋参加了县少年篮球赛,得了冠军。以后,只有比赛时我才穿回力鞋。

我后来才知道,那双回力鞋是王阿姨整理仓库时,故意将鞋做了手脚,减价后卖给了我母亲。

我现在还珍藏着这双回力鞋。

捡 糖 纸

○夏　阳

　　我七岁那年,湘云回来了。

　　湘云是我们村嫁出去的姑娘,一家人生活在上海。这次,趁着休探亲假,带先生、女儿回娘家住上一段日子,算是衣锦还乡。

　　我当时不明白湘云口里的"先生"是什么意思,看着她轻声细语地唤她带回来的那个男人,便感觉和我们父辈称呼学堂里的老师为先生是两码子事儿。湘云的先生很讲究,穿雪白的衬衫,笔挺的西裤,身上散发着一股淡淡的香皂味儿,喜欢坐在院中樟树下的摇椅上看书。每次看书前,他都要洗手,洗完后,再用雪白的毛巾擦干。这让我们一大帮解完手用干稻草或南瓜叶擦屁股的村人大开眼界。

　　湘云刚回来那阵,村里很多人都去瞧新鲜。刚在水田里劳作完的村人,还没来得及洗净脚上的泥巴,便往湘云的娘家凑,一边抽着湘云散发的香喷喷的纸烟,一边看着人家一家三口白白净净、衣着光鲜。一脸菜色的村人尴尬地赔着笑,内心不由生出许多感慨。

　　我就是在那时盯上了湘云的女儿的。她叫榕榕,和我年纪相仿。用我今天饱经沧桑的眼光来看,不知道她长得是否漂亮。更可悲的是,我现在彻底记不起她的模样了。反正城里来的小女孩儿,在当时我这个衣不遮体的乡下孩子眼里,个个都是白雪公主,貌若天仙。

当我躲在门背后目不转睛地瞅着这个小女孩儿时，湘云善意地笑笑，直截了当地问我："要不要我们家的榕榕将来嫁给你？"

"要！"我的回答，立刻招来哄堂大笑。

湘云不笑，严肃地问我："如果我把榕榕嫁给你，你打算怎么样对她好呢？"

我挠了挠头，使劲地想，怎么样才算是对她好呢？我想了半天，还是想不出来。我一急，眼泪吧嗒吧嗒地掉，仿佛榕榕马上要嫁给别人了。

湘云和蔼地说："孩子，你别哭，你回去认真想想，想好了就告诉我。我给你三天时间。"

我现在还清清楚楚地记得，那三天我是如何度过的。整整三天，我心里像着火一般。白天躺在夏阳冈的草堆里，流浪汉一样，望着天上的浮云发呆；晚上等娘睡下后，偷偷溜到夏阳河边，在河堤上来回踱步，踩碎了满地月光。银色的月光，在夏阳河面上拥挤、奔跑、喧声震天。

三天后，我如约站在湘云面前。我嗫嚅道："我想学会打鱼，每天给榕榕鱼吃。"

湘云一怔，认真打量着我，问道："假如今天只打到了一条鱼，你会全部给榕榕吃吗？""会！"湘云又问："那你吃什么？总不能饿着肚子吧？"我想了一会儿，说："看着她吃得满意，我心里就饱了。"湘云点了点头，对旁边的人夸道："这孩子不简单，将来会有大出息。"

我当时不明白湘云为什么会那样说，我只关心榕榕会不会嫁给我。看到未来的"丈母娘"点了头，我心里的石头"唰"一下落地了。我得意地想，娶了榕榕这样的城里姑娘，夏阳村的孩子就没人再敢小瞧我了。

以后，我每天明目张胆地去找榕榕玩，好像她就是我的。

榕榕说一口好听的上海话,软绵绵的,棉花糖一样,在我的心里漾出一道甜蜜的抛物线,让我如身处春天的花房,沉醉不醒。榕榕有一个爱好,就是喜欢收集糖纸。她搬出一个精致的木匣子,从里面取出一沓一沓的糖纸,花花绿绿,摆在我面前,说:"可漂亮呢。"我面对如此众多的糖纸,惊羡不已。我擦了擦鼻涕,像一个大男人一样豪气冲天地对她说:"我一定要给你更多更漂亮的糖纸。"

榕榕很乖地点了点头。

从此,我开始了我的捡糖纸生涯。

我像一条狗一样在村前村后、田间地头到处转悠,连路边的垃圾也不肯放过,只要发现是鲜艳的纸片,就捡回去交给榕榕。学校操场,村卫生站,唯一一家蓬头垢面的杂货店,都是我重点盯防的场所。那是一个物资匮乏的年代,很多人家连饭都吃不饱,哪儿有闲钱给小孩买糖吃?所以,尽管我非常努力,但收获甚小,偶尔捡回来几张,也是千篇一律的一分钱一块的水果糖糖纸,脏兮兮的,让我不敢面对榕榕失望的眼睛。

那天上午,我又在杂货店门口转悠,发现店里新进了一种高粱饴糖,三分钱一块,糖纸红艳艳的,煞是好看。我喜出望外,这种糖纸,榕榕是没有的。

我犹豫了好一会儿,悄声闪进家门,掀开米缸盖,从米里面挖出一个小布包,颤抖着从娘为数不多的角票中抽出一毛钱,悄悄出了门。

娘正在门口舂米,她似乎发现了什么,停下手里的活儿,目光锐利地盯着我。我低着头,攥钱的手在兜里直哆嗦,哆嗦了一阵,我一扭身,撒腿向杂货店跑去。

我买完糖,牛气冲天地直奔湘云的娘家。一进门,我大声喊着榕榕的名字。湘云的娘告诉我,一大早,榕榕全家就回上海去了。

小 时 候

○周　波

　　每个人都有小时候的故事。接下来的文字,来自一个孩子的几本日记,以及这个孩子的爸妈零碎的回忆。这个孩子就是我自己。

　　1. 我两岁的时候口头禅是:"我小时候……"

　　2. 每次接送我上幼儿园的是妈妈,有一回,我甩过头来冲着妈妈说:"您是我的真妈妈!"妈妈笑着问:"爸爸是假的吗?"我撇了撇嘴说:"爸爸是国家的。"

　　3. 去上海,头一回穿着锃亮的皮鞋上街,显得趾高气扬。亲戚们簇拥着我,骄傲地用手指着一幢高楼说:"那是中国最高的楼房——国际大厦。"我大摇大摆地走了进去,不久发现迷失在大厅里。当我号哭着找不到妈妈时,发现妈妈在门外正呼天抢地和保安吵着要儿子。我妈后来说,保安嫌他们土气不让进来。我开心地说:"如此说来,我洋气得很。"

　　4. 我妈信佛教,吃荤菜的日子不多。有一天,我大声向全家宣布:"我今天吃荤!"我妈随手给了我一巴掌,说:"你什么时候吃素了?"我摸着生疼的脸想:"我好像也没说错吧。"

　　5. 去看了一个画展,大人们都说好。我一肚子郁闷,这有啥好看的呢? 绝对比不了上回跟着爸爸去澡堂有趣,那印象很深刻哟。

6. 我无意间听奶奶说,在生我之前,爸妈并不想要孩子。我问妈妈:"我怎么又来了呢?"妈妈说:"这是个意外。"我又问:"我干啥来的呢?"妈妈说:"要问你自己呀! 我怎么知道。"我冥思苦想了半年,在春天到来之际,我突然对妈妈说:"我是来看油菜花的! 我是来捉蜻蜓的! 我是来牵妈妈手的!"妈妈差点晕倒,说:"到了夏天,你又会改口说来吃冰激凌的。"

7. 去旅游,出门要坐船,风浪很大。我以惊人的毅力坚持没有吐,问我妈:"妈妈! 还有好远?"我妈正在瞌睡,不耐烦地说:"还早得很!""哇"的一声我就吐了。其实如果我妈说快到了,即便是还早得很,我也能坚持到底。

8. 夏天,在寄宿学校,下了一场雨,我想起妈妈说要知冷知热,就把棉袄翻出来穿上了。

9. 难得去了一家餐馆,爸爸拿着菜单说:"想吃什么?"我说:"随便。"爸爸笑着说:"这里什么好吃的都有,就是没有随便。"我说:"那就点大龙虾吧。"

10. 隔壁的叔叔整天窝在家里不上班。"叔叔你不用上班吗?"我问。"叔叔一周只上两天班,其余的时间写东西。"叔叔说。"怎么有这么好的单位,要是读书也是一周上两天课就好了。"

11. 我画画不好,有一回,老师在课堂上要我们画房子。我来劲了,房子画好后又添了一条小路。老师把我叫过去责问:"谁叫你画小路了?"我回家把挨批的事作了专题汇报。第二天,爸爸冲进学校,不客气地对图画老师说:"你怎么来学校上课的? 难道是飞过来的?"那天,我觉得爸爸异常高大。

12. 语文课上,老师提问:"《暴风骤雨》的作者是谁?"有同学举手答:"周波。"教室里哄堂大笑。语文老师说:"周波如果能成为作家,我就从窗口跳出去。"我咬着牙想:"走着瞧,总有一天您老人家得跳出去。"若干年后，我的小小说作品连续进入福建、江苏等省及广西壮族自治区的中考试卷，我却突然改变了想法："老师，谢谢您！全是您不负责任的一句话，才有了学生的今天。跳窗口的差使还是由我来干吧。"

13. 我做过的一次最成功的买卖发生在小学六年级，我在一颗新鲜剥出来的糖果里，发现一只蚂蚁睡卧其中。在一场巨大的幸福中，我和爸爸一起把那颗糖果寄给了生产厂家。很快，糖果厂邮来了一只包裹，里面塞满了各种各样的糖果，还附着一封道歉信。爸爸说："既然认错了，就放人家一马吧。"我欣然接受。很多年过去了，我还一直把糖果与蚂蚁紧紧想象在一起。我还能见到糖果里的蚂蚁吗？

14. 我不敢过吊桥，偏偏岛上挂着吊桥。一大帮同学去春游，老师们走了一大段路才发现我丢了。于是，急着返回找。我听见有位女教师在对岸惊呼："找到了，在桥上爬呢，飞夺泸定桥啊！"

15. 学校里禁吃零食，可我又喜欢吃甜食。好多次，把动物饼干带到被窝里，打着手电筒，好好欣赏一番再逐一品尝。我肯定从动物的尾巴吃起，先吃脑壳它会痛。很多事，于心不忍呢。

16. 我有个新中国成立前参加革命的伯伯，每年除夕的团圆饭前，会叫三个女儿及三个女婿一个个站起来向党和人民表忠心。我见过一回那场面。有一天，我在家里看《新闻联播》，也很庄重地佩戴好红领巾，嘴里还念念有词。

17. 有个女同学突然在众目睽睽下拉着拉杆箱进学校。我问："怎么想到用拉杆箱做书包的？"她说："你不觉得书包太重了吗？"我竖起大拇指夸她："爱迪生要是还活着，也会拜你为师的。"

18. 每次和同学出去玩儿，妈妈都会问："几点回来呀？"我答："七、八、九点吧！"妈妈又问："到底几点呢？"我只好又答："到底也是七、八、九点呀！"

小
时
候

19. 我不喜欢住楼房,我在一篇作文中这样讲述自己的理由:从楼里看出去,什么都是没头没脚的,比如看树只看到树梢,看雨只看到当中一截。

20. 中考的时候,学校里偷偷分发"状元糕",数量有限,成绩好的同学都分到了。有个绰号叫平头的同学成绩平平没分到,一气之下发奋学习,最后以全校第一名成绩考入全市重点中学。

21. 县里要建青少年宫,让中小学生都来捐款,每人五毛! 随便咋样都赖不脱,我只有交了。后来,青少年宫建好了,我被拦在门外。门卫说进去收费两元,我生气地说:"没我出力,这青少年宫能建成吗? 看! 起码有根铁栏杆是用我的钱买的! 这根! 或者那根!"

22. 每年春节是存压岁钱的时候,我经常一个人默默数着:"差九十九元又是一百!"

小时候的故事都很有趣,当然,今天只记录小时候的一小部分。现在,我发现,我距离那个时候是越来越近了。

棉 花 糖

○周　波

那年,老家的炊烟像云朵一样悠悠地飘着。

晌午,父亲拖着一身的泥巴吭哧吭哧地走回家。"这日头!"父亲心里一阵嘀咕。

"回来了?"母亲把毛巾递给父亲。

"嗯,先喝口水。"父亲走到水缸边,用勺满满地盛了一碗凉水,咕噜一声灌进肚里。

我那时年龄小,每天屋里屋外跑。父亲背着一大摞农具进院门时,我每次比母亲跑得快。

"丫头,又看我喝水?"父亲滴着汗珠朝我笑。

"甜吗?爹。"我两手搭着缸沿咯咯地笑弯着头。

"甜,很甜,像吃棉花糖。"爹又笑。

于是从那天起我记住了棉花糖,做梦也想吃棉花糖。后来我上学了,看到学校的门口有流动的商贩卖好看的棉花团一样的东西。同学们说那是棉花糖。棉花糖?我禁不住诱惑,用零碎的硬币买了一小团吃。真的很甜,还带着香味儿。

回家的路上,我一直想着父亲陶醉的样子。父亲说缸里的水是棉花糖味儿,这是真的吗?难道是棉花糖化了变的?

我急切地穿过窄窄的田埂,我没见到父亲行走的身影,却看见母亲提着竹竿沿着河塘在追赶鸭群。

我打开家门,扔下书包就蹿到院里的水缸边。我个子矮,踮着脚看不到水的影子。我搬来一把椅子站上去,才终于看见那一汪被父亲快喝光了的棉花糖水。

"你不要命了?"母亲不知啥时候进来的,见我的头隐没在缸里,大叫起来。

我后来对母亲说:"没有您一声叫,我也许就掉不进缸里去,也不会明白缸里的水根本不是棉花糖的味儿。"

父亲惊慌地把湿漉漉的我从缸里拎了出来,嘴里咕噜噜地想说什么。然后我看见父亲舀了一瓢水喝,父亲那会儿喝水的样子一点儿也不好看。当然我不敢问缸里的水甜不甜,因为我已经知道水不是棉花糖味儿的。

惊魂未定的母亲给我换上干衣服后去了堂屋,我根本没想到她会去找那根赶鸭的竹竿来打我。

"你这是做啥? 放下!"父亲扔了水瓢吼道。

"今天不打她一下,明天还会掉进缸去。"母亲气着说。

我受了太大的惊吓,在两个水缸缝隙里躲藏。

"出来!"父亲朝我喊。

我从缸缝里看见父亲的脸铁青,筋脉一根根在颤抖。

"不出来我要砸缸了!"父亲嗓门儿特别大。

我只好出来,我想父亲一定不会打我,因为他从来没打过我,刚才还阻止了我母亲的竹竿。但我很快感到不妙了,父亲的眼睛转来转去,显然是在寻找打我的家伙。

果然,父亲在堆满农具的墙角一顿乱翻,第一次他拿起一根粗大的竹棍子走到我跟前,把我吓得半死。第二次他换成扁担又走到我跟前,我哭着求饶。第三次他拿起一顶草帽,我破涕为笑。然而父亲还是没打下来。而这时让我惊奇的是,父亲蹲在地上拼命地在拔一根草。"拔草做啥?"我呆呆地看着父亲。

"站好了!"父亲站起身命令我。

我很听话,毕恭毕敬地站着。

随着一阵风吹过颈部,父亲说惩罚结束。原来父亲用那根草在我脸上打了一下。我用手摸了摸自己的脸,有点痒。

晚上,父亲来到我床头边,问:"丫头,疼吗?"

我大哭起来,紧紧地抱住了父亲。

"小孩子不能喝生水,要得病的。"父亲微笑着对我说。

"今天我买了棉花糖吃,爹不是说缸里的水和棉花糖一个味儿吗?"我伤心地说。

"爹骗你的。"父亲愣愣地看着我。

父亲走的那年我正读大学。有一天,我接到加急电报,告知父亲病危的消息,我连夜乘火车赶回老家。

父亲一直等着我,在病床上他老泪纵横地捏紧我的手。可父亲的手冰冷。

"爹……这辈子……只打过你……一次。"父亲喘着气说。

"您……一次……也没打过。"我感动得泣不成声。

母亲在一边默默地流着泪。

"爹,还记得这个吗? 我把它带回来了。"我从书包里取出一个小布包,一层层地打开。

"一根草?"周围的人全惊讶万分。

我把那根草轻轻地放到父亲的手心上,然后我把自己的手放上去,再把父亲的五指合起来。

出殡那天,我看见那根草一直在父亲的手里攥着,父亲攥得很紧很紧。

蚂　蚁

○周　波

妈妈进来时,我醒了。

我揉了揉眼。窗外,天已亮堂起来,门外有嘈杂的说话声。

"睡得香吗?"妈妈问我。

"香,很香。"我嘟着小嘴说。

"妈妈,您怎么了?"我看见妈妈的脸很黑,衣服上沾满泥土。

"屋后的小山坡着火了,妈妈救了一个晚上的火。"妈妈笑着说。

"我怎么不知道?"我惊异地看着妈妈。

"这是大人的事。"妈妈朝我笑笑。

我怎么睡着了呢? 小山坡上怎么着火了呢? 妈妈什么时候出门的呢? 怎么会只是大人的事呢? 去学校的路上,我一个劲儿地想着。

那些蚂蚁呢? 它们现在好吗? 我突然想起了蚂蚁。

我住在妈妈单位的宿舍里,屋后的小山坡上有密密的竹林和鸟叫。我经常去那里玩耍。枯萎的草,喧闹的野花,都是属于我的风景。

春天,我会带着好心情一路前行,妈妈说:"早去早回。"夏天,我拉着妈妈的手走,我说:"那儿是我的乐园。"

其实我是去看蚂蚁的,小山坡上到处有蚂蚁在晃动。

妈妈说:"别走远。"我就找了一棵离宿舍近的老树,我一喊,妈妈就能听到。蚂蚁窝被草棚遮盖住，很隐蔽。蚂蚁真是聪明的动物。

"嘿，我和你交朋友好吗？"我大声地说。

成群的蚂蚁结队而行，那是最壮观的，像去逛街又像去集市。我常常被震撼。于是，热情也喷涌而出。我跑回宿舍，带上甜食。妈妈出来追问："又去干啥？""给蚂蚁喂食去。"我边笑边跑。我喜欢和蚂蚁们嬉闹，找个小竹棍沾上点心指引它们前进。蚂蚁们很有纪律，步调一致，我是蚂蚁们的统帅。

那时候，妈妈经常值班，宿舍周围难得见到人影。妈妈说："有你陪着，妈妈就不孤单了。"我笑笑，我真想告诉妈妈我有数不清的朋友。朋友在小山坡上，是蚂蚁。可我没说，那是我的秘密。

我一直喜欢小山坡，喜欢那片竹林。也许是因为蚂蚁。肯定是。

我现在很担心蚂蚁的命运，妈妈说小山坡上着了火，它们不会被烧死吧？如果蚂蚁死了我该怎么办呀？我心里沉沉的。

我恍恍地步入课堂，同学们都问："病了？"我说"没有。""那脸色怎么这么难看？"同学们继续问。"我想我的蚂蚁。"我说。

老师每节课会在黑板上留下一大片粉笔字，我睁开眼，眼前却是满满一黑板的蚂蚁。我不知这些蚂蚁是怎么爬出来的，于是我又想起那把火。我惊奇于老师的手指，一画一个，一画又一个，比进出蚁窝的蚂蚁速度快多了。

傍晚，放学的我决定去小山坡上看蚂蚁。我真的很担心。

我的蚂蚁一定还活着。那儿有它们的家。竹林里蚂蚁的世界一直很安详。

我躲过妈妈的眼睛，往小山坡上一路奔跑。

山坡上到处是断裂倒伏的树杈、竹枝与烧黑的乱石，早没了刺鼻的焦味，却可以猜想到烈火中的惨烈。我的心开始冰冷起来，我还能找到我的蚂蚁吗？

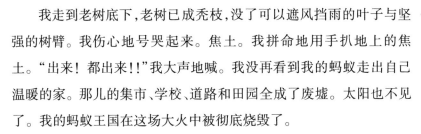

　　我走到老树底下,老树已成秃枝,没了可以遮风挡雨的叶子与坚强的树臂。我伤心地号哭起来。焦土。我拼命地用手扒地上的焦土。"出来! 都出来!!"我大声地喊。我没再看到我的蚂蚁走出自己温暖的家。那儿的集市、学校、道路和田园全成了废墟。太阳也不见了。我的蚂蚁王国在这场大火中被彻底烧毁了。

　　"你去哪里了? 全身灰不溜秋的。"妈妈问我。

　　"小山坡。"我伤心地说。

　　"去那里干啥? 刚着过火,想吓死妈呀?"

　　"我去看蚂蚁了。"

　　"蚂蚁?"妈妈愣愣地看着我。

　　"是的,我的蚂蚁。"

　　"蚂蚁怎么了?"妈妈问。

　　"我没找到蚂蚁。"

　　"这孩子,哪里还有蚂蚁,这么大的火,蚂蚁早被烧死了。"

　　"不会的,蚂蚁不会死的,它们全躲在窝里。"我又哭起来。

　　"我是不是再也看不到蚂蚁搬家了? 我想它们,妈妈。"

玩仇时代

○谢宗玉

一到梅雨季节,瑶村的雨就像止不住泪的怨妇,是那般没完没了。

雨下起来后,困守在家里的我就莫名其妙地烦恼,湿湿的地面和湿湿的墙壁上,爬来爬去的是些悠闲的湿湿虫,我每天能做的事,就是逗弄爬出来的湿湿虫。

天终于晴了,走出家门一看,村庄里所有的事物都陌生得认不出了,与梅雨来前相比,或大了一圈儿,或高了一截儿,或变了颜色,或换了模样。瑶村的人呢,倒是没变,只是一个个看我的眼神怪得很。我走过去,向秋生搭腔,但秋生一扭头就神气地走开了。我又去向国发搭腔,国发撇撇嘴,也没理我。我的心一下子像从高处摔下来了,我待在那里,被早晨明晃晃的太阳照着,像根木桩。后来,我看见豆花从我身边经过时瞟了我两眼,我就问:"豆花,怎么都不理我了?"豆花边走边说:"你别问我,我一出门,明生就告诉我大家都跟你结仇了,要我也别理你。"

我突然有种流泪的冲动。我跑回家,把自己关在屋里。我实在想不通他们干吗都跟我结仇。这七八天我一直在屋里待着,没招惹他们一下,他们没理由跟我结仇,可他们现在居然都不搭理我了。

我不想吃饭,母亲问我为什么,我说他们都不理我了。母亲又问为什么,我说我也不知道。母亲就说:"你先吃饭,吃了饭,我去问他们干吗不理你。"我看着母亲,泪流满面。

我把自己关在家里,等母亲回来给我个答案。但农活太多了,母亲一出门就把她的承诺给忘了。晚上我又没吃下多少饭,但母亲连我不吃饭的原因也给忘了,或者她根本就没注意我晚上没怎么吃饭。

我一个人在村庄东游西逛,感觉无聊极了。我就整天整天待在家里,背个凳子站在窗边,看阳光下的仇家们是怎么玩的。我偶尔呸一声,恨恨骂道:"有什么了不起?!"

后来有一天,天美跑到我家窗户边。隔着窗子,天美怯怯地对我说:"我们一起玩吧。"我瞪着眼睛问她:"为什么?"她说:"他们都不理我了。"我又问:"为什么?"天美委屈地说:"我也不知道。"我就从凳子上跳下来,跑出去对天美说:"好。"

我和天美玩着仍觉得无聊,但总比一个人强多了。隔了一阵,冬生跑过来也要求跟我们和好,我和天美就知道那边的人又不理冬生了。后来又有天发、四猛、宗贵跑来跟我们和好,我们这边的人数就慢慢多起来了。有一天,豆花也要求跟我们和好,我没同意,豆花就哭哭啼啼地走了。

两边的人都不理豆花,豆花只好一个人玩。但豆花一个人没玩过一天,就掉进池塘淹死了。当天瑶村的人都没在意。直到第二天豆花的尸体从池塘浮出来,大家才知道豆花出事了。豆花的母亲抱着豆花的身子哭,边哭边诉,说以为昨晚豆花去她外婆家了。

其实我并不讨厌豆花,豆花长得秀秀气气的,我不知道当时我怎么就没让她跟我们和好。豆花埋在芒棘山里,我一个人偷偷地去看了豆花的坟。豆花的坟很小很小,我去看她时,有一只蜂绕着我飞来飞去,我心慌意乱地匆匆离开。等我跑回村庄,再跟天美他们说话时,就发现天美他们又都不理我了。

天美他们不但不理我，也不同以前的那一班人好。我一个人玩着害怕，就去找以前与我结仇的那班人，我可怜兮兮地对他们说："我想跟你们和好。"他们都转身望着我，有些人同意，有些人不同意。不同意的以小兰为首。小兰家跟我家有仇，小兰的母亲跟我父亲吵架时，骂我父亲很难听的话。吵完后，两家就结仇了。现在我去向他们求好，同意跟我好的三四个人就从小兰他们那里分离出来了。这样村里的小孩子就分了三派，后来又分了四派五派……

隔了一年，村里又没有一个小孩理我了，我从村头走到村尾，又从村尾走到村头，结果发现村里所有的小孩子谁也不搭理谁，都在各玩各的呢。发现这个，我就再没兴致跟别人好了，我渐渐习惯了孤独。

后来，我们在彼此的仇视中慢慢长大。再后来，很多人离开了村庄。

骑　马

○包兴桐

我们不知道，为什么村里没有马。

没有马，我们就骑牛，骑羊，骑猪，骑狗，骑鹅，骑凳子，骑扫帚，骑扁担，骑树杈，骑人。有的人，看了大戏，就学着戏里的样子，裤子一提，手里的竹枝一甩，嘴里喊着"驾驾"，就算是骑马了。

最不听话的可能要算牛和猪。牛太高了，脾气又大，又喜欢甩尾巴抬屁股，骑在上面，一不小心就会被甩下来。猪喜欢低着头，又会拱，一看有人骑它，它就到处乱钻。骑猪的人，常常不知道自己下一步会在哪里。骑牛、骑猪实在不是件容易的事，所以，骑着它们也就最神气。我们平时只能偶尔骑一下猪或牛。只有阿管和阿达可以整天骑着猪和牛。阿管他爸爸是猪倌，他家养着一头公猪，壮得像只狼狗，走起路来都是"哼叽哼叽"地响。老猪倌经常赶着那头公猪给人家母猪配种，平时，阿管就骑着那头公猪到处拱。老猪倌说，有阿管骑着，可以让它平时老实些。有事没事，阿管就会骑着他那头大公猪在大家面前走来走去。大家说，阿管生来就是猪倌的坯。

骑牛的人要多些，但真正让自己的两只脚整天闲着，却只有阿达一个人。我们只是偶尔爬到牛背上骑一会儿。大人们说，牛是容易被骑伤的；再说了，骑了一会儿，牛们就不乐意了，就要甩尾巴抬屁股。

可是，阿达的那头牛，好像巴不得阿达整天骑着它。它跟阿达真是太好了，大家都说那就是阿达的老婆。

"阿达，你老婆被你养得可真好。"大家看到阿达骑着他的牛过来，就笑着说。

"没办法啊，它娇贵得很，脾气大得很，我不能不把它养得好。"阿达骑在牛背上一晃一晃地说道。大家觉得他这是在故意叫苦。

"你可不要身在福中不知福啊。"大家差不多是异口同声，"你看我们的脚，整天要像拐杖一样在泥里水里戳来戳去，你看你的脚，像两根腊肉一样整天挂在牛背上晃来晃去，不挨泥不沾水，多舒心。"

"我就知道，我说了你们也不相信。我这真的叫有苦说不出啊。我现在就差去讨饭了。"阿达说。他座下的那头黄牛睁着大大的圆眼，很温和地看着大家，好像是要听听阿达到底说什么。

"你看，你看，你又来了。再说，你就是讨饭，只要有这么听话的畜生，你就是讨饭也神气啊。"

"唉，你们不知道，它现在都成精了。牛嘛，本来就是吃草的，吃素的，可是它倒好，它要喝牛奶，它喝肉汤喝鱼汤。最难待候的是，每天吃饭，每一样菜都要先让它尝尝新。我阿达什么时候这样待候过祖宗了？这样，我都可以养山魈了。"

"你们不知道，它现在不在牛圈里睡觉，它要到屋里来睡觉，大概是觉得外面不安全吧。现在，它要吃点夜宵才睡觉，它要躺在我旁边才睡觉，要听我说一会儿话才睡觉。"

"阿达这小子真是好福气。他那牛，真神了，比人还懂事。"大家边听边议论。

"你们以为我乐意整天骑着它到处走——也许开始真的是这样，可是，后来，现在，我一点儿都不想。现在，我最想的是什么时候能安安心心地在家里休息一会儿，拿把椅子坐在院子里看看小鸡啄食，躺在床上看看天花板。可是,它整天要我骑着它这儿走走那儿走走,好像每天都有风景等着它出来看看,每天都有朋友、熟人等着它出来见见,每天都有好吃的东西等着它出来尝尝。要是我一天不骑着它出门,它就会在屋里开始'啪啪'地甩尾巴,然后就踢脚,然后就叫,然后就流泪。所以,我每天只能骑着它走来走去。"

"这牛真神了……阿达这小子……"大家互相低声地说。

"你们不知道……"

不管阿达怎么说,甚至好像要流出了眼泪,大家还是觉得他是得了天大的便宜在卖乖。大家觉得,有这么一头比人还灵性还娇贵的牛,睡梦中都会笑出声来。唯一觉得他真的值得同情的,是村里的小老头儿阿起。可是,阿起的同情又是值得怀疑的,因为阿起是村里从来没有说过想骑牛的人。

"阿起,你什么时候也找个东西骑一下。"大家常常这样对他说。

"我骑了,我不是整天都骑在我的双腿上吗?"阿起说,"有这么好的两只脚,却那么麻烦地去找那么粗糙的四只脚,我才不干。"

阿起很小的时候就会说这样的话,所以大家都叫他小老头儿。

角瓜花

○陈力娇

周奶奶爱种花,一到夏天她家的菜园就开满了花:有紫色的鸢尾,黄色的金盏菊,粉色的胭脂豆,白色的步登高,琳琅满目,摇曳多姿。

周奶奶有时摘两朵戴在我头上,一边戴一边夸我:"多漂亮的小丫头,长大了准能找个好女婿。"可是周奶奶一转身,我就把她的花摘下扔了。

我不喜欢这些花,我唯独喜欢周奶奶菜园里的角瓜花。二明常给我蝈蝈,绿色的蝈蝈待在秫秸扎成的蝈笼里,什么花都不吃,专吃角瓜花。

二明常跟爷爷去乡下,一去就是半个月。半个月以后二明回来,会拎着两个蝈蝈笼,一个是给我的,另一个是留给他自己的。我的他为我挂在我家储煤的小屋檐上,他的则挂在他家晾衣服的绳上。这两个地方都矮。高了,我们够不到,那蝈蝈非得饿死不可。

可是有一天,我的蝈蝈叫得不那么欢了,像是病了。我拎着蝈蝈笼去找二明,二明看后说:"它不是病了,它是饿了,它没有角瓜花吃了。"我问二明哪里有,二明说:"周奶奶家就有,可是周奶奶不会给你。"我问:"为什么呀,周奶奶可喜欢我了,什么都豁得出来。"二明晃着他的圆脑袋说："因为一朵花就是一个大角瓜,花给你了,角瓜就没了。"二明这些鬼话我不信,不就是一朵角瓜花吗?会少了一个大角瓜?

我转身去周奶奶家。周奶奶家养了一条大黄狗,大黄狗先向我叫,然后摇尾巴,这一摇就是同意我进去了。但我还是不敢,我怕我走到一半时它翻脸,大嘴一张还不把我吃了?我就用长棍子敲周奶奶家的晾衣绳,周奶奶家的晾衣绳是铁丝的,这面一敲屋里准听得到。周奶奶正坐在炕上做针线,听见动静伸头向外看,见是我,忙出来:"小丫头,敲什么敲?有事快说。"我手指着周奶奶菜园里的角瓜花:"就那儿。"

周奶奶看看我,又看看花,明白了,她说:"你要什么花我都可以给你,就是这角瓜花不能给。我宁愿秋天给你一个胖角瓜,也不现在给你一朵角瓜花。"说着回屋取来一块长白糕递给我。

长白糕哪有角瓜花好?我的蝈蝈又不吃长白糕。我生气地离开了。

要不来,那就偷。

这天,我和二明在周奶奶家的后菜园外转来转去。好不容易盼到周奶奶出去打酱油了,我们从板障子缝里把手伸进去摘角瓜花,我们一下子摘了三大朵,三大朵够我的蝈蝈吃一周的了。我的蝈蝈肚子大,嘴巴也大,它一口一口地吃着黄黄的角瓜花,像吃一张大饼。

一周以后,问题来了,角瓜花没有了。这还不是最大的难题,最大的难题是从周奶奶家的板障子处再也摘不到角瓜花了,外边的都让我们摘了。

我和二明冥思苦想,也没想出办法,倒是二明上小学的哥哥大明为我们出了个主意,他说从板障子可以跳进去。你们一个人喂狗,一个人摘花。我们高兴极了,就等周奶奶什么时候打酱油了。

周奶奶家的酱油一时半会儿是吃不完的,周奶奶又不缺衣服。好不容易等到街道开会了,周奶奶去开会,我们的机会一下子来了。

我是女孩儿,又比二明小一岁,逗狗的事当然是我的了,跳板障子就是二明的了。我把家里妈妈准备中午吃的馒头拿出来,一个一个抛给了周奶奶家的大黄狗,大黄狗乐得摇头摆尾,它只顾吃了,看家的事给忘了。

二明趁狗不备,爬到板障子上,一用力,跳了下去,摘了不下十朵角瓜花,从板障子缝一股脑儿都塞给了我。我忙把它们送回家。

谁知往外爬费劲了,二明使了好大的劲也没爬出来。首先是他上不去板障子了,周奶奶家院子高,菜园内却低,二明个子矮,他想像从院外往园内爬那么省事是不可能了。而那边的大黄狗吃完了馒头,想起了看家,它在向我们低吼,把拴它的绳子扯得一紧一紧的,二明都吓出汗了。好在院子里有个筐,二明把筐倒扣在地上,踩着筐一用劲儿,就上来了。

后来我们想,什么事都不能急,一急准出毛病。就在二明好不容易上来,要往下跳时,他的衣服却挂在板障子上了,想上上不去,想下下不来,他就那么左蹬一下右蹬一下像钟摆一样挂着。直到周奶奶回来,才把哭得鼻涕一把泪一把的二明抱下来。一看二明,不但衣服被扯个口子,脊背也被划出了血。

周奶奶一个劲儿后悔:这事扯的,角瓜花值多少钱!

第二天,我看到周奶奶的板障子多出个小门,刚好够我和二明通过。

炸 油 饼

○孙卫卫

　　扒拉完最后一口饭,把碗筷放到案板上,我准备出去找伙伴玩。妈妈轻轻地把我拉到一角,她先是看看周围,确定没有旁人后,小声对我说:"今天晚上吃油饼。"妈妈似乎知道我要大声叫起来,她一下摁住了我,差点把我弄倒。

　　我笑了。我知道必须保守这个秘密。妈妈也笑了。

　　小时候,吃油饼绝对是一件奢侈的事情。奶奶炒菜,我很少见过她从油壶里往外倒油,而是用筷子伸进壶里,很快地挑几滴出来。吃油饼的次数就更少了,且都是在晚上,似乎只有晚上才能吃上油饼,就像早上喝稀饭、中午吃面条一样,已经成了家里的规矩。

　　下午,照例是和伙伴们一起疯玩。以前,总觉得时间是飞跑着的,我们怎么也留不住。然而,这个下午,太阳好像永远停在天上,怎么也落不下去。

　　这个下午,我很少说话,我生怕我的秘密不小心说出去不能收回。但是,我的心是充实的,想着晚上可以吃上油饼,就好像口袋里揣着的钱是捡来的似的,我差点笑出声。我心里的笑,似乎被邻居小杰看出来了,他问我是不是有什么好事。我的头摇得像卖货郎手里拿的拨浪鼓。

我说："刚才你追我，我摔倒了，裤子蹭破了，我想着晚上回家怎么向我妈交代呢。"他摸摸后脑勺说："我帮你想想办法。"

天终于黑了。

吃过晚饭，锅刷干净，家里人各干各的事，有的在院子里乘凉，有的在听收音机，有的躺在炕上准备睡觉。

不是要吃油饼吗？怎么没有一点动静？连征兆也没有？

我问妈妈，妈妈说："等一等，别着急呀。"

我从院子里跑回屋里，又从屋里跑到院子里。收音机里播音员快要说"今天的节目就到这里，明天再见"了，我才看到大人们都忙碌起来：奶奶蹒跚着走到盛面的缸前挖面，爷爷正在垒砌简易的灶台，妈妈在准备炸油饼的工具，我的两个小姨从院子里把柴火抱到厨房。

我是趴在厨房的后窗户上看到这一切的。

火苗一点点旺起来了，菜油香冲到了我的鼻子里、我的衣服里，我多么希望每天都这样。

而我不知道什么时候居然睡着了。

我每次都在等待，但我每次都没等到炸出油饼的那一刻就睡着了。我吃的都是第二天加热后的，跟刚出油锅的不能比。有一段时间我都怀疑，这些油饼不是我爷爷奶奶妈妈他们做的，而是从天上掉下来的。长大后我才明白炸油饼为什么选在晚上，是怕邻居突然上门。你正在那里炸油饼，邻居来了，你给不给人家吃？给吧，本来没多少；不给吧，又过意不去。

其实，邻居只有一家。

除去过年，我也从来没有看到过邻居家白天炸油饼，我想他们也是在晚上偷偷从事这项工作吧。虽然我和小杰是很好的朋友，但是，我们从来没有说过炸油饼的事。

吃腊八粥

○孙卫卫

小时候，我们最爱吃腊八粥了。

一进腊月，就开始准备这顿大餐。

腊八粥的主要原料是玉米粒。先用水把玉米湿一会儿，再通过碾子或者机器脱掉皮，留下的就是白生生、圆滚滚的玉米粒了。这个工作每年都是爷爷在做，我是他的小助手。开始，我们村里没有碾子和机器，我们得到七八里外的一个地方去完成这道工序。

排队的人很多，到我们时，往往已是中午。一头小毛驴拉着碾磙子，有气无力地转着圈，它好像也没有吃饱饭，我担心它随时都有可能倒下。饥肠辘辘的我张着口袋，看着爷爷用笤帚把玉米粒一颗一颗从碾盘边扫进去。

腊八粥是咸的。即使平时很少吃肉，腊八粥里也要放一点肉，就像过年总要给小孩置办一身新衣服一样。肉是提前到镇上割好的。豆腐、胡萝卜、黄豆、青菜也不可少。奶奶说腊八粥里要有八样东西，我们每次吃似乎都要数一数。

腊月初七晚上就开始做腊八粥了，最费时的是煮粥，好像要煮一个晚上。很长一段时间，我们家没有鼓风机，都是我妈妈手拉风箱。我都睡了，迷迷糊糊还是能听到锅碗瓢盆碰撞的声音。

其实，头天晚上基本算是做好了，第二天早上只需要热一下。我们还在睡觉，就被大人喊着起来吃腊八粥。好像有个说法，吃得越早，来年生活越好。

当然，早早地也给我们家的看门狗小赛虎盛上一碗。它那么聪明，应该知道今天过节。

一碗已经下肚了，这时候天才微亮。本族走得比较近的人也会把他们家煮的腊八粥送过来，我们也要回过去一碗。陆续有伙伴们端着他们家的腊八粥来我们家吃。我吃他碗里的，他吃我碗里的，似乎还是我们家的更好吃。

奶奶牙不好，嚼不动玉米粒，只能喝一些稀汤，吃些蔬菜。她迈着小脚，每年都会在院子里的那棵桃树枝杈上放一两颗玉米粒，说是桃树吃了来年会结很大的果实。我和妹妹也学着奶奶，在其他树枝树杈上放一些。桑树太高，够不着枝杈，我们就放在树下。

小姨出嫁的头一年，被我们请回来吃腊八粥。请得更多的是我的小表妹。她就是我们的小玩伴，头天下午到，我们和她闹到眼皮打架才肯睡觉。第二天早早起床，吃完腊八粥，再玩一会儿。我们和她一起从家里出发，我们去我们的学校，她走另一条路回她的学校。在岔路口和她告别，总是很失落，又没有可以玩的伙伴了。

隔壁的奶奶，她的儿子在外地当兵，家里知道他过年要回来，给他一直准备着腊八粥。那时没有电冰箱，即使是冬天，煮熟的东西要放很多天也是很难的。多少年过去了，我的那个叔叔肯定会记着他妈妈为他留腊八粥的事。我是一直记着的，每年腊八都会想起他们。

过了腊八，过年的气氛一天天浓烈起来，妈妈经常说，什么事也没干，这一年又过去了。我现在也经常这么说。

离开家乡后，再没有吃过那样做法的腊八粥了。听说，现在很多人已经不再做，嫌麻烦。

看 电 影

○孙卫卫

刚刚在村部商店门口,我们看到了自行车驮着的电影拷贝,电影放映员挽着裤腿,在旁边歇脚呢。人们把自行车围住,以各种姿势看拷贝上用油漆写着的电影名字。

"真演《第一滴血》呀?"

"在哪个村?"

"果真在那个村啊?"

"老王家吗?"

那个放映员有一搭没一搭地回答着大家的问话。他惜字如金,好像说的每一个字都是秘密,他极其不情愿让"敌人"知道。

老王家要放电影的消息瞬间传遍学校。晚上的电影成了下午讨论的最主要的内容,所有的课好像都是在为晚上的电影预热。

看过这部片子的人,一下子成了新闻人物,大家都想先听为快,希望他讲一讲电影的情节或者片段,越多越好。看过电影的人,这时故意讲得很慢,但是,绘声绘色,眉飞色舞,好像这个电影就是他本人演的一样。那个神气劲儿,跟刚才歇脚的电影放映员没有两样。

终于等到了放学。大家匆匆吃完晚饭,迅速向老王家集结。

没有规定几点开始放映,天一黑,看着到来的人差不多了,放映

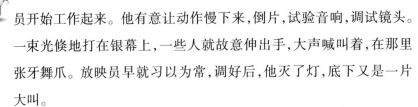

员开始工作起来。他有意让动作慢下来，倒片，试验音响，调试镜头。一束光倏地打在银幕上，一些人就故意伸出手，大声喊叫着，在那里张牙舞爪。放映员早就习以为常，调好后，他灭了灯，底下又是一片大叫。

过了一会儿，他又开始调试镜头，那些人继续在镜头照射处摇头晃脑，有的还打着口哨。灯又灭了，这一次换来的是嘘声，伴随着一个人的喊叫："快开演呀。"更多的人加入进来，把自带的小板凳拍得响亮，算是示威。

演了一个破除迷信的纪录片，又停下来。大家嘘声一片。

后来得到消息，《第一滴血》今晚同时在两个地方上映，得等另一个村子放完一卷后，有专人骑自行车将拷贝带过来，这边才能开始。

也不知道消息的真假，大家只能等待，顶多喊几句："快开始吧，都几点了！"也有几个人威胁道："再不放，就把机器砸了。"

终于开始了，放映员也加快了工作节奏。忙中出乱，竟然把片子装反了，银幕上，人的脑袋朝下。大家哄笑。

等电影演完，已经是夜里一点了。

夹着小板凳，大家成群结队，谈论着电影中哪个地方好哪个地方不好，往回走。天更黑了，那时候，没有带手电筒的习惯，踩到水渠里，掉到沟壑里，也是常有的事。

冬天演电影的时候多，因为冬天结婚的多，但是，并不是每一家结婚都演电影。我们白天看到了拉新娘的婚车，知道是谁谁谁结婚，也都传说他们家晚上会演电影。我们提着小板凳，穿着厚厚的大衣，到人家家里一看，根本没有电影的影子。主人说："演什么电影？我们怎么不知道？"

主人拿出香烟，给与我们同行的大人分一支，说："抱歉了，抱歉了，让你们跑这么远。"

我们只好打道回府。

　　放什么电影,似乎不是出钱的人决定的,放映员从电影公司取到什么片子就是什么片子。我就看过京剧《徐九经升官记》,而我们那个地方,是从来不听京剧的。好几次,听到外村有放电影的声音,我们赶紧跑过去。运气好一点的,加演的科教片还没放完。运气不好,正片已经演了两盘,前面演了什么,为什么是这个结果,只好去猜。

　　去晚了,就蹲在银幕的背面看,没觉得有什么不舒服,即使敬礼时举起的是"左手",字是反着的,我们也不在乎。每个人都看得有滋有味,根本不去想看完后走老远的路才能到家。

最香的一个冬夜

○袁省梅

七岁那年那个冬夜的煮羊肉香，一直都生长在我的记忆里，蛰伏的兽般，只要说起最好吃的东西，或者嗅到一丝羊肉香，它就会乘云驾雾，呼啸而来。

那时，我喜欢绒线花，也喜欢夜来香。它们，粉红金黄的香味儿，也浓郁，也香甜，夏天的一早一晚，在我家土院子的角角落落蜂般嘤嘤嗡嗡，惹得猪圈里的黑猪、炕头的花猫都不能老实待着，吭哧吭哧地四处蹚摸，好像妈妈把什么好吃的藏了起来。妈妈最喜欢藏东西了。有一年快过年时，妈妈把炸好的麻花装到柳条筐，把柳条筐藏在东屋的房梁上。有着狗鼻子的小哥找到了，偷了一根麻花，要放回筐时，没放好，"砰嚓"一声，过年待客、走亲戚的麻花摔得粉碎……

那些花虽然香，却只能嗅，不能吃，就是你大口地吞咽了，肚子该咕噜时还是寅时不等卯时。也有能吃的花，比如槐花、榆钱，可是，冬天里，到哪儿找它们呢？后来看到有人把肥壮壮的南瓜花炸了吃，就可惜我家院子的南瓜花都让蜜蜂、蝴蝶、日头、风雨这些东西给吃了。话说回来，就是吃，它能有羊肉好吃？

还是羊肉好吃。

天擦黑时，三叔把风火炉子泥好了，火也烧旺了，黑铁锅里添了大半锅水,羊肉一块块放了进去,羊蹄子羊杂碎都放了进去。羊是三叔在岭上养的。三叔在岭上看守石场。石场是大队的。锅开了,肉香味儿在风中扭搭着跑来了,先是轻轻怯怯的样子,试探般,给三叔一点儿,给奶奶一点儿,给我和小哥一点儿,给黑猪和花猫一点儿。接着,就浓厚了,密集了,熟稔了一样,可着土院子四处跑。羊肉香在院子里波涛般前赴后继涌荡起来后,奶奶脸上出现了少有的软和,妈妈每天晚上点灯后发出的叹息也不见了,眼眉上所有的忧心和烦恼,好像都跟着那一锅的羊肉,煮化了,飘散了。

三叔说:"黑咧,星星都出全咧。"

一抬头,果然看见了满天的星星,也干净,也清冽,在我的头顶,挤成疙瘩了。它们,肯定是嗅到了羊肉香,跑过来的吧。

三叔说:"你们先睡,熟咧,唤你们。"

我不愿意,小哥也不愿意。可是,院子太冷了。小哥说:"我回去暖一下。"我们就回到屋里,挤到炕头,趴在窗户上看。窗格子上糊着白麻纸,隐隐地,只看见炉里的火,红红的一团。还有一个小红点,一闪一闪的,是三叔的烟锅子。锅里的肉看不见了。羊肉的香呢?小哥说:"香味跟着我们进来了。"耸起鼻子一嗅,果然是。我和小哥趴在被窝里,都不舍得睡去。可我们的头一挨到枕头上,眼皮子就打起架了。我们把枕头抱在胸前,扔到一边。嗅着溜进来的羊肉香,我说要吃一碗肉喝两碗羊汤。小哥说他要吃两碗肉喝三碗羊汤。我说那不行,你吃两碗肉我也吃两碗,你喝三碗羊汤我也喝三碗。小哥说你能吃得了?你个小女娃。我说你管呢你管呢。吵着,我就用枕头砸小哥,小哥也用枕头砸我。我们把羊肉的香味搅腾得浓一道淡一道。奶奶说,有你们吃的呢,快睡吧。三叔也在院子喊:再闹,骨头也不叫你们啃。

睁开眼睛时,是早上了。想起昨晚我和小哥是裹在羊肉香里睡的,我就赖在被窝里眯着眼,使劲儿地嗅羊肉香,可是一丝羊肉香也闻不到了。好像是那些浓浓淡淡的香味儿，粉红淡白的香味儿，只在梦里。

"哇——"小哥的号哭将我吵醒。

肉没了。锅里一块肉也没了。肉汤也没了。黑铁锅里只留下白腻腻的一圈油，像睁眼的一瞬间留在唇边的一抹笑。寒风在锅里转圈圈。我的目光伸出舌头，使劲地在那圈油上舔，心却委屈得被泪水淹没了。肉呢？

三叔不说话，他蹲在炉子前，头夹在膝盖间，肩膀风中的树枝般抖，两脚间黑湿了一个点，又黑湿了一点。好久，三叔才抬起头，把手伸给小哥，只剩这个了。

三叔的手心里躺着四枚羊骨头，我们叫它"羊拐"。我们喜欢在青石板上玩羊拐。

三叔说："羊拐上还有点肉，要不，叔给你煮碗羊汤吧。"

三叔真的用四个羊拐煮了一碗羊汤。羊汤上漂着白的葱绿的香菜，香极了。三叔说："好喝不？"三叔说："要不，泡点馍？"三叔说一句话，就吧唧一下嘴，喉咙里就迅速咕噜一下，很响亮，很兴奋，好像那羊汤是他喝了。

我笑了，从碗沿上看着三叔。

三叔看着我和小哥说："明年冬里，叔一定让你们好好吃一顿羊肉。"

"明年冬天能喝到羊汤吃到羊肉？"奶奶撇着嘴。

妈妈去抓柴烧炕，也停下了脚，看着三叔，看着我和小哥，扁扁嘴，没说话。

我没有问三叔。我也没有问那锅羊肉的下落。多少年来，我一直没有问过三叔。也许，我是害怕答案会冲掉那个冬夜留给我的大把大把的香。我只记得当时非常相信三叔的话，看着三叔，我点点头，说："嗯。"

搂 树 叶

○袁省梅

　　几股风刮过,天气就一日赶着一日地走向清凉、薄寒。树上的叶子一个夜里就能落一层,一个早上也能落一层。没有风,树叶子也纷纷往下落,好像地上有谁唤它们一般,窸窸窣窣,哗哗啦啦,匆匆地往地上赶。

　　爷爷站在院子里,抓一把胡须上的风,喊一声:"搂树叶子去。"

　　爷爷夹着大的布袋子,奶奶夹着大的布袋子,我夹个小的布袋子。爷爷走得急,他是担心人家把树叶子搂没了,"嗵嗵"地撂着大脚催促奶奶快点儿。奶奶不理爷爷,悄悄地指着爷爷的后脑壳对我说:"老财迷老财迷。"我哈哈大笑。奶奶赶紧扯了我的手,警告我小心老财迷翻脸骂人。奶奶的一双小脚却拧来拧去快了许多。

　　刚走到村外,落叶就挡在了眼前。大的桐树叶子,小的榆树叶子,铺满了小路。我张开袋子要搂。爷爷不让。爷爷给我使个眼色:"走,前面去。"奶奶捏着我的手说:"跟着老财迷走吧。"爷爷嘎嘎笑着,一双大脚踩得树叶子都飞了起来。

　　拐来拐去,爷爷带我们走到下牛坡边的树林子,不走了,抖开袋子,吼一声:"搂!"

　　嗬,果然是个落叶的世界。"扑通"一脚踏进去,叶子忽悠就跳到了半小腿，密密实实，一片压着一片，一层盖着一层，一阵风吹过，又簌簌落下一层。没了风，叶子也飘落，一片追撵着一片。偌大的林子铺得十个棉被一般厚，好像全世界的叶子都飘落到了这里，好像这些叶子聚到一起就是专门等爷爷来搂。

爷爷一手扯着袋子，一手往袋里填塞叶子，忙得烟也顾不得吃一口了。奶奶也蹲在地上，搂一堆树叶子就往袋里拨拉。我扔了袋子，摔了鞋子，踏在毯子般的叶子上，一会儿在"毯子"上蹦跳、翻跟斗，折一根树枝，把树叶串一串，当了马鞭子或是旗子，举着呼啦啦疯跑，一会儿又搂起一把树叶，哗地向空中扔去。一边耍着，一边高兴地嚷："散花了，散花了……"

爷爷性子急，担心搂不够冬日烧炕、引火做饭的树叶，担心他人搂光了树叶，一会儿就要抬头高声呵斥我一下，叫我不要贪玩，说："不好好搂，看寒冬腊月不冻坏你个光屁股。"又匆匆地低头装树叶。

奶奶跪在树叶上往袋里装叶子，白一眼爷爷，看着我，咯咯咯咯笑个不停，说："好好耍，甭理这个老财迷。"

邻居六爷夹个袋子，站在林子外讪讪地说："这片叶子倒多咧。"

爷爷不说话。我看爷爷黑沉的眉眼，知道爷爷心里跟六爷还别扭着。因为一根柴火，六爷跟爷爷昨天吵架了。奶奶使眼色叫六爷进来搂时，爷爷却说话了："还不进来搂，等风把叶子都吹跑了还是等叶子都沤了烂了呢？"

六爷欢喜地把他的旱烟袋子扔给爷爷，叫爷爷歇歇，吃上一口再搂。爷爷接了旱烟袋子，装了一锅烟，一吃，就皱起了眉，说没劲，又把他的旱烟袋子扔给六爷，叫六爷吃一口他的。六爷吃了一口就嘿嘿笑。爷爷吧唧着嘴，急急地问："咋样？"六爷不吭气，只管嘿嘿嘿嘿笑，爷爷也嘿嘿嘿嘿笑。我看见爷爷脸上的皱纹一层一层挤着往上叠。

所有的袋子都如爷爷所愿,圆鼓鼓瓷实实地再也装不下一片叶子了。爷爷满脸的红紫橙黄,也顾不上吃一袋烟,也不喊腰疼了腿脚硬了,倏地将一个袋子甩到肩头,又叫奶奶给他的另一个肩上再放一个袋子,兴奋地扛着袋子往家送去了。

爷爷不让我们走,看一眼搂得正起劲的六爷,叫我们把叶子往一起堆,先占住,不要叫旁人搂走了,他把叶子装柴房,腾出空袋子,再搂。

奶奶咯咯笑着说:"你瞅这老财迷,把个落叶子当个元宝了。"

爷爷耳朵也不背了,回头要跟奶奶理论,像拉磨的驴子一样转来转去,却看不见奶奶。他的头被两边的袋子遮住了。我和奶奶笑得躺在叶子上。

奶奶找来软的树叶,给我编个蝴蝶;从水渠边拽来几棵狗尾巴草,给我编了个小兔子。我举着奶奶编的蝴蝶、兔子在树叶上又蹦又跳。玩累了,奶奶和我躺在厚厚的落叶上,奶奶给我讲"猴娃娘",讲"七仙女"。深秋的阳光像个棉袄暖暖地盖在我身上,我睡着了……

如今,奶奶讲的故事还清楚地记得,与爷爷奶奶搂树叶的日子还清楚地记得,那些树叶编的蝴蝶、兔子却找不见了,爷爷奶奶也找不见了。我站在小城的深秋里,看着日渐疏朗的树和光洁的街道,也不知道那些叶子都飘到哪里去了。

那年的压岁钱

○韩昌元

那个年代，我家很穷。

那年春节，全家人都沉浸在期待大姑到来的喜悦中。

大姑嫁到了广州，已有好几年没回来了。父亲烧起火，我和弟弟就围在火堆旁。火很暖，父亲和母亲就说起大姑的事。那时，在村里人看来大姑是嫁给了个有钱人，好日子可有得过了。

天气更冷了，我们围着火堆也挨得更紧了。雪伴着年关将至，本是瑞雪兆丰年，可却是被我们全家人骂着。尤其是弟弟，总问父亲："下雪了，大姑还会来吗？大姑什么时候才能来啊？"

"来，你大姑肯定会来。"父亲说。

于是弟弟就愣看着火，期盼着火堆旁能多一个大姑的身影。

弟弟期盼大姑来是有目的的。

弟弟所谓的目的就是要大姑的压岁钱。父亲母亲曾不止一次地说，大姑有钱。如果有了压岁钱，弟弟便可以上县城赶会了。赶会那天是县城一年当中最热闹的一天，全县城的男女老少都会去赶会，而能够赶会那是我们最大的梦想了。然而从我们家到县城要跑半天的路，但如果父母能给几角零用钱买点儿东西，就是跑几天的路我们也乐意。

弟弟越来越着急了。

腊月二十九，大姑和大姑夫终于来了。弟弟忙从屋里跑出来，一不小心，就跌倒在大姑的面前。大姑笑了，给了弟弟糖吃。弟弟吃完糖，很失望地去找母亲，说："大姑没给我压岁钱。"没说完，弟弟的嘴一撇，脸就拉了下来，哭了，哭得很凶。

"傻孩子，还没到大年初一呢。大姑会给你的。"母亲擦着弟弟的眼泪就笑了。

弟弟期待大年三十快些过去，于是年夜饭弟弟都没吃就去睡觉了。母亲问弟弟为什么睡觉，怎么连饭也不吃。他说："睡觉了，年三十过得就快了。"弟弟说着就把头用被子蒙上。大年初一的晚上，大姑给了我和弟弟各五元钱。弟弟拿着钱蹦得好高。那时，五元钱可以解决好多问题。

弟弟拿着五元钱，见了小伙伴就掏出钱炫耀。小伙伴更羡慕弟弟可以去县城赶会了。弟弟晚上睡觉的时候还把钱藏在枕头底下。没事儿弟弟就拽着我，说："哥，这五块钱可以买个书包，还可以买个小车，还剩不少呢……"

大年初三，大姑又要走了。

"大姑初五再走吧，我们一起去赶会。"弟弟拽着大姑的衣服。

大姑笑笑，拍着弟弟的脑袋说："大姑什么世面没见过啊。"说着，大姑大姑夫便和我们一家人再见了。大年初四，弟弟在家坐不住了。那天一个卖豆腐的老头儿来我们家要账，说我们家欠了几年的豆腐钱没还。父亲说等两天一定给。

晚上弟弟回来，又将五元钱炫耀给我看。吃过饭，弟弟很早就睡了，弟弟睡的时候和我说了三遍第二天去县城。弟弟睡的时候，忘记把钱放在枕头底下，而是放在了桌子上。

天亮，弟弟哭得很凶。弟弟的五元钱找不到了，弟弟翻完了枕

头，就翻大床，然后到床底下去找……几乎所有的角落都被弟弟翻了一遍，仍然没找到。弟弟拽着我的衣服，哭着说："我的钱找不到了，我没法去县城了。哥，我去不了县城了。"弟弟像疯子一样。

父亲吸着烟袋。半晌，弟弟拽着我的衣服说："是你偷了我的钱，一定是你，昨晚我拿给你看的。"弟弟突然和我打了起来，要我还他的钱。

"我没有！"我将弟弟甩在了地上。弟弟趴在地上，满身是土。我看弟弟怪可怜的，就想到拿出我的五元钱和他平分算了。可是那一刻，我惊呆了，大姑给我的五元钱也不见了。我开始全身痉挛："钱！钱！我的钱哪儿去了？"我也开始像弟弟一样到处找钱。

那天，弟弟和我打了起来——他总认为钱是我偷的。母亲哄着弟弟说，等有了收入就给弟弟五块钱，并带弟弟去县城，买书包、买小车……可当弟弟看到别的小伙伴去县城赶会时，不顾一切地又哭了起来。

可父亲终究把欠了几年的豆腐账给还上了。

离奇的远行

○芦芙荭

　　木匠的儿子长根子九岁了，鼻子下面早晚都吊着两吊鼻涕，可他却像木匠一样聪明能干。他上学时用来装书的木匣子就是他自己做的。我十二岁那年夏天，长根子在一截竹筒上蒙了一块蛇皮，制作了一把胡琴。胡琴做好了，只是缺一把能拉响它的弓。

　　长根子说："现在，只要有马尾巴，我的胡琴就可以唱歌了。"

　　秋天来临的时候，寡妇的儿子大宝告诉我们，离我们镇子四十里外有个叫云镇的地方，那里有个马车店，还养着几匹马。大人们说马毛长，听了这话，一根长长的马尾巴就在我们的脑子里唱起歌来。

　　于是，我们开始了人生中的第一次远行。我们在一个漆黑的早晨出发，翻了几座山，过了几条河，中间还穿过了一片开满了野花的丛林，到了那个叫云镇的地方。

　　我们在云镇那破旧的街道上转了一圈，并没有找到大宝说的那个马车店。我们甚至连一声马的叫声都没有听到。街道上都是那种手扶式拖拉机，跑起来一蹦一蹦的。我们就开始埋怨大宝，说他不把事情弄清楚，让我们英雄白跑路。

　　大宝辩解说，说不定原先是有的，只不过那养马的人也是个和胡登科一样肚子里有个酒龟，有个领导，他不得不将马卖了，换酒喝了。

我们正要争辩，突然听到一阵锣声响起。我们都是喜欢热闹的人，就连忙向锣声响的方向跑去，就看到一个人在一圈人中间玩猴戏。我们暂时忘记了马尾巴的事，一头钻进人堆里看起了猴戏。

那一只不听话的老猴子很让我们开心，它总是趁着耍猴人不注意时，纵身去撞耍猴人那肥大的屁股。有几次那耍猴人都被它撞了个四仰八叉，躺在地上了。

太阳西斜的时候，我们决定回家。走在回家的路上，我们才感到了饥饿和疲倦。

我们开始想家了，我的脑子在那个时候完全变成那个耍猴人的屁股了，我家房顶上那个冒着炊烟的烟囱，就像是那只调皮的猴子似的，时不时地就撞进我的脑子里，挥都挥不去。

我们走到一个小村子时，太阳开始落山了。我们看见那里停着一辆拖拉机。我们就在那辆拖拉机旁转来转去。我们想，要是能坐上这家伙回家该多好。

这时，一位满脸胡子的男人向我们走了过来。他打量了我们一阵，就问我们："是不是没有坐过拖拉机？"我们说："是的。"他又说："是不是很想坐一坐？"我们说："当然是了。"

我们坐在拖拉机上，大胡子却变戏法似的取出了两只瓦罐交给我们，一人一只，他让我们帮他将瓦罐抱在怀里，以免瓦罐被撞坏了。这时，我们才明白大胡子让我们坐他拖拉机的真正目的。可是，我们的心里却很高兴。

拖拉机开动了，我们就像热锅里的豆子，在偌大的车箱里被颠得滚来滚去。我们的头上甚至都被撞出了大大小小的包。可我们紧紧抱在怀里的瓦罐却没有受到一点损坏。

后来，我们听到了狗叫声。下车时才发现，我们又回到了那个叫云镇的地方。

牙　齿

○芦芙荭

　　六岁那年春天,有天早晨起床,我发现我的一颗牙齿掉了。奶奶在老的时候,那牙隔三岔五地就会掉一颗,直到后来,满嘴里找不出一颗牙了。我捧着我的那颗牙齿哭了起来。我说:"我也要老了。我会像奶奶那样老了。"

　　我的话把大人们都惹笑了。他们说我那是换牙呢。小孩在长大的过程中,都是会换牙的。他们让我张开嘴,一边看一边说:"要是上边的牙掉了,就悄悄地把牙放到门墩上。若是下边的牙掉了,就要扔到房顶上。过一阵,新牙就会长出来的。"

　　我掉的是下边的牙。

　　我拼命地把牙往房顶上扔去。可那颗牙齿仿佛不愿离我而去,竟然顺着那瓦槽又骨碌碌地滚落下来。如此反复几次,最后,我不得不搬来个凳子。我站在凳子上使足了劲,总算把牙扔上了房顶。我竖着耳朵听,再没有那骨碌碌的声音了。我想,我的牙终于落脚在房顶上,开始生根发芽了。

　　我站在初升的太阳下,豁着一颗牙,心里却阳光灿烂。

　　那天中午,就在我渐渐地忘记了掉牙那件事时,突然听见村子里传来吵架声。那时的我,最喜欢的是吵架了,吵架会让寂寥的村子变得热闹起来。

我们赶忙跑过去看。

小寡妇的门前已聚集了好多人,他们站在那里,都是一脸幸灾乐祸的样子。

小寡妇和村里的杨二嫂像两只母鸡一样厮打在一块儿。

小寡妇在村里开了一家豆腐房。村子里的人要吃豆腐了,都会去她家买。有时,手上没钱时,也可以用豆子去换。村里的人都说小寡妇的豆腐好吃。杨二嫂几乎天天要买小寡妇家的豆腐。

那时,小寡妇的豆腐篮已被杨二嫂踢翻在地,篮子里的豆腐滚落一地。豆腐上全是灰。有闲人将地上的豆腐拾起来,可那豆腐上的灰拍也好,吹也好,就是不掉。

我不明白,小寡妇和杨二嫂平时关系是那样好,怎么会打起来呢?

旁边的人就说,真是出了奇事了,小寡妇的豆腐里怎么就会长出牙来呢?

原来,杨二嫂八十多岁的婆婆,就喜欢吃小寡妇家的热豆腐。今天上午,杨二嫂去小寡妇家称了一块豆腐拿回家给婆婆吃,吃着吃着,老太太竟然吃出了一颗牙来。老太太说:"这豆腐怎么这么厉害呀,竟然能把我的牙给磕掉了。"

老太太八十多岁了,满嘴只有一颗牙了,这可急坏了儿孙们,他们扒开老太太嘴一看,真是奇了,老太太的那颗牙竟好端端地在那里呢。再看老太太的手里,果然是握着一颗牙的。

后来,确定是小寡妇的豆腐出了问题。杨二嫂就握着那颗牙去找小寡妇说理,说着说着,两人就吵了起来。再后来不知是谁先动了手,两个女人就打了起来。

一颗已失去作用的牙,什么都咬不动了,却咬断了小寡妇和杨二嫂维持了多年的关系。

牙
齿

　　这之后好长时间,杨二嫂和小寡妇不再说话。而小寡妇的豆腐也很少有人去买了。

　　半年后,我嘴里长出了一颗新牙。我慢慢地也就忘了我那扔到房顶上的那颗牙。

羊

○芦芙荭

　　鬼知道是怎么一回事,有一天,我独自一人在我们小镇后面的一座山里放羊时,把我们家的那头小母羊给弄丢了。我在山里转悠了大半天,也没能将它找到。

　　小母羊对于我们家来说,是很重要的。我们家的柴米油盐以及我上学的学费,都装在它的那个肚子里。父亲几乎就没有让它的肚子消停过。只要它瘪下来,父亲就忙前忙后地张罗着给它找公羊。我们全家也都喜欢小母羊肚子鼓起来的样子。

　　现在小母羊丢了。我知道,我丢的不仅仅是一只羊,我丢的是全家人的钱袋子。

　　我坐在一块石头上哭呀哭,我想哭出个人来帮帮我,可山里除了石头就是树。我的哭声没有人能听得见,我的眼泪也没有人能看得见。

　　后来,我发现前面的山根儿有一个往外流着水的洞口。

　　我跑过去,就钻进了那个洞里,沿着那条小溪朝里走去。

　　我的羊丢了,我想把我藏起来。

　　洞里的溪流不大,它从我脚下流过时发出的声音却很好听。

　　我也说不清我走了有多长时间,眼前突然就开阔了起来,河也变得宽了,眼前也变亮了,水绿草肥。我看见那清澈见底的河水里游着

羊

一群一群的鱼。

再往前走,突然就听见了一阵羊的叫声,我心里一喜,我想,我的羊要找到了。

我朝着羊叫的方向走过去,看见一群又肥又壮的羊在那里吃草呢。尽管有许多只羊,但是,我还是一眼就看见了我们家的那头小母羊。因为我们家的那头小母羊的毛是一色的黑,在那群一色白的羊群里就显得格外扎眼。

看见了羊,我的心也就放了下来。我就坐在那条小溪边看着羊们在那里吃草,我不明白这个洞里怎么会有这么多又肥又壮的羊。我一直想数一数到底有多少只,可我到底还是没有数清。

后来,我费了很大的劲才把我家的那头小母羊从那群白羊中赶出来。天黑的时候,我总算把它赶回了家。

那天晚上,我把我在那个流水的洞里看见一群白羊的事,告诉了我的父亲。我对父亲说:"那羊真是又肥又多呀,我数都数不清。"可我的父亲听了我的话,说什么也不相信。他说:"怎么可能呢?我在这山里生活了几十年了,什么时候发现那山里还有一个洞了。你说洞里还有羊?"

第二天,父亲又去问镇子上别的人,他没有说羊的事,他只是问那些人山里是不是有一个洞。那些人听父亲这样问都奇怪地望着父亲,说那山里是根本没有什么洞的。

不过,也就是从那天起,我们镇子里的好多人还是知道了关于山洞和羊的事,他们都去了那山里,他们都去找过我说的那个洞和那群羊,可是他们都没有找到。

这之后,我们镇子的人都把我称作爱撒谎的孩子。可我却不明白,他们都说我说的是谎话,可为什么都要去山里找那个山洞和那群羊呢?

困 眯 眼

○安石榴

地上有只小不点的狗。我趴在炕沿边儿看它，它也看着我。

趴在炕沿边儿，我看着它，它看着我。我朝它笑了，它把小尾巴甩来甩去，眼睛一眨不眨，鼻子湿乎乎的。我朝它瞪眼睛，使厉害，它就把小尾巴夹进小屁股里，两只耳朵也不在头的两边了，而是并在一起背到脑袋后面，还摇晃着身子趴下来，下巴颏儿戳在地上喘粗气。

我把脸扣在炕上偷偷笑，小狗没看见，还在喘粗气。只要我在炕上，小狗就怕我。我要下地，就怕它。

我想下地。我先小心翼翼地坐在炕边，用眼睛试着距离的高下，还是不敢像大人那样从炕上一下子站起来。我得先翻转身，肚子撑在炕沿儿上，两条腿又蹬又踹往下出溜。可是，总在这个节骨眼儿上，小狗扑上来，一口咬住我的裤裆。

全怪妈妈，给我缝的棉裤又厚又肥。大裤裆离屁股很远，离地却很近。

小狗在我的两腿之间悠荡。家里没人，我只能依靠自己。我低下头自己拽它，两只短胳膊一点也使不上劲儿，它还在悠荡。我只好大步快走，在屋里一圈圈地转，想把它甩掉，小狗却像是缝在我衣服上的扣子。我们俩都憋足了劲儿，不吱声，我出了一身的汗，小狗咬着我裤子的牙是不是累得生疼，我可不知道。

也许我要哭了，也许我还能坚持，这两个结果都没出现，有个人进屋了，一把薅下小狗，扔在地上。我便飞快地往炕上跑，小狗鬼一样地追我。我把着炕沿儿一蹿高，上半身已经趴在炕上，两条腿也离开了地面，可是小狗还是叼住了我的裤脚。

还是那个人轻轻拍拍小狗的鼻子，它乖乖地松了口。我收回了自己的腿，爬到炕根儿去，再把头掉过来，正好看清楚救我的人了。我把眼睛睁得大一些，再大一些，没有看错！这个人的眼睛真是奇怪，像是年三十的晚上守岁到后半夜，困得就要睡着了，却又不能睡：他深深的双眼皮盖上了大半个眼睛，睫毛又浓又密，像马儿发呆时那样，睫毛覆盖了剩余的那部分眼睛。也许这样严重地影响了他的视力，他高高地仰着头，从缝隙里看着我，我发现他的眼睛是灰色的，与正常人不太一样。困睏眼，我心里叫了一声。

光顾着端详他，我没有说谢谢，错过了时机，就再也说不出口了。困睏眼也没再理我，脱掉了他的翻毛大头鞋，上了炕，盘好腿，像是早有准备似的抓过炕梢一本书，打开，一只长胳膊把书伸到尽头，一只长胳膊取下棉帽子，那本书就倚在他的帽子上，他把两只长胳膊抱在一起，依然仰起头来。他是摆着书玩儿，还是看书呢？我爬到他前面去，他眼睛的那条缝隙认真地盯着书啊。

我爬回到我的地盘儿，拿一本连环画《孙悟空三打白骨精》，也照着他的样子把它摆得远远的，哈，别扭，没法看。我瞄了一眼地下的小狗，它本来茫然然地看着困睏眼呢，此刻响应我的动静，它回头和我交流了一个眼神，我摇摇头，它抖抖毛，我们一起又去看那个困睏眼了。

后来小狗移到灶坑口处蜷成团睡了，我趴在热乎乎的炕上也迷糊过去了。不知过了多久，脑子醒来了，身子还赖在梦中不乐意醒来，一动也不动地躺着，知道爸爸和妈妈都回来了，两人在说话。爸爸说："他的眼睛以前是好的，为了救老张，松木砸了他的脑袋，不知道哪个神经砸坏了，眼睛就这样了。"

"怪可怜的，还是个年轻的小伙子呢。"妈妈叹息着说。

"这还不是最可怜的，他……不行了，不能结婚了。"

"哦——"妈妈的"哦"拖了很长，让人费寻思，"也是因为老张吗？"

"是，谁能想象砸在脑袋上，问题出在那儿了呢？"爸爸声音很轻。

"怪可怜的，还是个年轻的小伙子呢。"妈妈重复着叹息。

"老张要把女儿嫁给他，他坚决不答应。"爸爸的声音突然明亮了。

"哪能那么办呢？那两个人就都可怜了。"妈妈更深地叹息着。

怎么了，我怎么听不明白呢？于是，我一骨碌爬起来，说："妈妈，他怎么不行了？他怎么可怜了？"

问这话的时候，我发现困眯眼不在了。地上的小狗看我醒来开始撒欢，小尾巴又摇了起来。我于是丢掉了刚才的话题，趴在炕沿边儿开始逗它。

大 蜘 蛛

○安石榴

　　我哥哥姐姐叫我"贴树皮",知道吗?这是骂我呢。"贴树皮"是一种很讨厌的虫子,它们肉肉的、毛毛的,总贴在树皮上,哪儿都不去。贴那儿也算了,它们还非常讨厌,颜色和花纹都与树皮一模一样,骗得人以为它也是一块树皮呢。去园子里摘树上的沙果,一不小心碰上"贴树皮",它们就把带刺的毛毛一撮一撮地刺到你的皮肤里,又痒又疼。

　　我可没那么烦人。我只是愿意跟在妈妈身边,妈妈去哪儿我去哪儿。我姐姐问过我为什么那么黏人,我说:"我乐意,气死你。"其实有一个小秘密,不好意思说出口,就是因为妈妈漂亮。妈妈牵着我的手,我们一起去这里,去那里,可神气了。

　　这一次和妈妈去供销社排队,我从来没有见过这么多人在一个屋子里。我靠在妈妈的腿上,看着一串一串的后背,密密麻麻的胳膊、腿,有点兴奋,有点厌烦。就在这时,一个胖阿姨站在我面前,挡住了我。呀,这个阿姨胖得很奇怪,肚子好大呀,就像是衣服里藏着一口大铁锅。她的脸又小又圆,露在外面的胳膊细细的,长长的,弯曲着支在腰上,两条腿也是细细的,长长的,分开站着。我扬着脸看她,胖阿姨也正好看着我呢,我乖乖笑了一下,就立马想大笑一会儿,因为我发现她有点像蜘蛛，除了一个大肚子，剩下的都是细长的胳膊腿儿。她却只顾仔细地看我，看了一会儿突然恶狠狠地瞪了我一眼，好像故意让大家都听见似的，大声说："你这小孩怎么这么难看呢？难看死了！"

什么？说什么难看？我难看？"妈！"我拉妈妈的衣角，妈妈没感觉似的，不理睬我，和旁边的人说话。

"哎呀，真是难看死了，从来没有见过这么难看的孩子。"胖阿姨细长的手伸过来了，我知道她是来拧我的脸的，我爸爸的同事于叔叔见了我总要拧我的脸蛋儿。可是于叔叔喜欢我，从不骂我。想到这儿，我愤怒了，举起手"啪"地打落了她的手。这下妈妈看到了，什么也没说，拉起我就往外走。刚出了大门，我就忍不住哇哇大哭起来。我妈妈却笑吟吟的，蹲在我面前用她的花格子手绢给我擦眼泪，还说："哎呀，至于哭吗？还那么委屈。"

"大蜘蛛……骂……我难看呢！"我呜呜咽咽地说不成句。

"什么？大蜘蛛？"妈妈很奇怪。

"就那个只长着一个大肚子的阿姨。"我气呼呼地说。

"你可真会形容。"妈妈哈哈哈地大笑了起来，拍拍我的头说，"你看到了，阿姨的大肚子里有个小宝宝呢，她没骂你，是喜欢你。"

"你没听见，她瞪着眼睛骂我长得难看。"一股委屈又把我的眼泪冲出来了。

妈妈又给我擦掉了，笑眯眯地说："你还小呢，不懂，这是个风俗。怀着小宝宝的阿姨都想让自己的小宝宝长得漂漂亮亮的，怎么办呢？见了别人家漂亮的小孩，就故意骂人家难看，那样肚子里的小宝宝就生气了，没有出生的小宝宝都是很任性的，一定要看看那个小孩有多难看，趴在妈妈的肚子里往外看，心里还说：你不是嫌人家难看吗？我就照着他的样子长了。"

妈妈说了这些话就看着我,我说:"那是什么意思?那只大蜘蛛不是真的说我难看,是吗?"

妈妈打断了我的话,批评我:"不许说阿姨是大蜘蛛。"妈妈点了一下我的脑门,说:"当然不是真说你难看了,正相反,因为你好看她才那样故意说你的。瞧瞧,我的小石榴一脸鼻涕眼泪的,更漂亮了。"

"哈哈哈……"我和妈妈一起大笑了起来,笑得太阳都一跳一跳的。然后,我忽然想起一件事,我看看妈妈的肚子,说:"那我在你肚子里的时候你也骂别的小孩了吗?"

妈妈没说话,只是笑着一直摇头。"为什么呢?"我追问。妈妈还是不说,拉着我的手回家。到了家,爸爸很高兴的样子,爸爸一定是喝了酒,他每次喝一点酒就可高兴了,爱说话,还给我们发零钱。看到我和妈妈进了屋,爸爸乐呵呵地说:"啊,看,我的美人儿回来了。"

我高声回答:"嗯呢,我回来啦!"

我的哥哥姐姐一起笑起来,羞我:"你接什么话把儿,怎么你还成了美人儿了呢?你个'贴树皮'。"

我才不理他们呢,我连蹦带跳地往里屋跑,回头对妈妈说:"妈妈,你告诉他们是怎么回事吧。"

关 公 脸

○安石榴

　　妈妈和姐姐刚把晚餐的桌子收拾下去,那个人就进屋了,他一直低着头,在远远的炕边儿坐下了,把自己藏在灯影儿里。

　　我看看他,他像一堆无声无息的物件儿,提不起我的兴趣,我就转而忙自己的事情去了。我有个坏习惯,扔了饭碗就拿书。可是当我抓着一本新得到的连环画的时候,却不知道怎么办好了。那是个秋天的夜晚,天气突然冷了起来,我还没有适应,怎么着都是冰凉生冷,像个丢了家的小狗,没着没落的。此刻,火炕虽然热乎乎的,但是火墙却冰凉(还不到点炉子的季节),不敢依靠,可是不靠着点什么,昏黄的灯光就把我的新画本大打折扣。我先趴在炕上看,自己的脑袋投下一片暗影,恰好罩在画本上,我挪动着身子在炕上转磨磨,想找到一个合适的角度。不知怎么回事,我的头就抵在了那堆"物件儿"上,我发现这个地方刚刚好,于是悄然爬起来,后背靠了上去——我是真的忘了他是一个人,还是一个陌生人。十五瓦的灯泡正好悬在我的头上,很快我就非常满意了。那个人的后背厚实又温暖,生硬的椅子背和冰凉的火墙怎么能比呢? 画本一页页地翻过去,那个人像是领会了我的心情似的,他厚实温暖的后背迅速升温,我于是把自己团好,像一只灶台上的老猫,紧紧地依着他。

画本很快看完了一遍，看第二遍之前，我想听听爸爸和那个人说话。嗨，这两个人可真逗，说是唠嗑，前一句都凉透了，第二句还没说出来呢。我听出来了，那个人要是不开口，爸爸就绝不吱声。这可是很少见，爸爸可爱说话了，还有趣，家里一来人，总是热热闹闹的，这次是怎么了呢？我伸头一看，原来爸爸是那个样子啊：爸爸不是坐着，是躺在炕上的，后脑勺下面不是枕头，是抵在墙上的。爸爸的腰煨在火炕上，他喜欢用热炕暖腰。而爸爸的左腿曲起，右腿搭在左腿上，就像坐着的人跷起的二郎腿。爸爸喜欢这样，这个姿势我没看见第二个人摆出来过。可是，有时候我看到爸爸的这个样子会很不满，比如他用这个姿势询问我的学习成绩。那样跷着二郎腿，而且因为脑袋的位置很高，眼皮就耷拉着，小看人似的，我就气得不行，难道我的成绩可以耻笑吗？不过，当爸爸这样讲故事的时候就无所谓了。

妈妈不知道什么时候进屋了，本来是坐在那个人的对面的，又匆匆站起来越过我去摸火墙，还小声地嘟囔："没生炉子啊，火墙冰凉，这孩子怎么热成这样？"听了妈妈的话，我马上侧转身子，把头探到那人的前面，啊，他满面通红，一脑门汗珠子，我伸出手指一碰，一行汗水哗地流下。妈妈低声叫我到炕梢儿去，可是谁愿意离开这个"人肉小火墙"啊，不去！妈妈就悄悄拽我的脚脖子，我就口中不停地嚷嚷着。那个人慌张了，起身告辞，我失了"靠山"，很生气，坐在那儿发呆。妈妈出去送客人，回来之后问爸爸：

"这孩子怎么回事儿？火力那么旺呢，热得汗水快成小河了，脸都成了关公了。"

爸爸哼了一声，很生气似的："口讷。"

"什么叫口讷？"我插嘴。

"说话费力。"妈妈瞪了我一眼，转过头问爸爸，"他要说什么呢？"

"还能是什么？上大学呗，这孩子就喜欢读书。"爸爸愤愤地说，

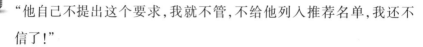
"他自己不提出这个要求,我就不管,不给他列入推荐名单,我还不信了!"

"哎呀,老安,你那是何苦? 这孩子一看就是好孩子,既然你知道他的心愿就成全他嘛。"妈妈抱不平。

"你以为他这一辈子就遇见这么一件难开口的事情吗? 这孩子是条龙,可他要是不改了懦弱这个毛病,念再多的书也是条虫。"

"他要是始终不敢开口,你还真不让他念大学了吗?"

"不让。"

"那名额不是就白瞎了吗?"

"白瞎什么? 这世界好孩子就他一个吗?"

"你心肠够狠的。"妈妈说得有些伤心。

爸爸最后说:"你以为我舍得吗? 我是下了狠心的。这孩子是我们大修厂最好的孩子,技术好,人品好,有担当,就是那么一个毛病。可是这一个毛病却是天大的。如果他不改,明年还没他的份儿,我非扳正他不可了。"

我似懂非懂地听了爸爸妈妈的对话,从此当成一件要紧的事情了。爸爸一回家,我就跑上去问他:"关公脸说了吗?"妈妈也放下手里的活计看爸爸的反应。直到有一天,爸爸一进门,没等我跑上前,就乐了,冲妈妈说:"那小子终于金口大开,给我热酒吧。"

其实,妈妈还给爸爸炒了一大盘子鸡蛋,我们都跟着吃得热火朝天。吃了饭,放下筷子,我大声说:"妈妈,我有个要求,我想要一件新衣服,我不想总是捡姐姐们穿剩的。"

妈妈奇怪地看着我,半天说:"为什么呢? 都是这样啊,家家小孩子要捡大孩子的衣服啊。"

我的眼泪要出来了,可是我用力忍住,一句一句地说:"是的,我知道,可是我都八岁了,除了过年,就没穿过一件属于自己的新衣服,一件也没有,太不公平了。"

妈妈还想说什么,爸爸哈哈大笑:"好吧,这事我做主了,明天就让你妈妈给你做一套新衣服。"

爷 爷 树

○陈　敏

三岁那年，父亲带我来到爷爷的墓地，在他的坟前栽下了一棵桃树。

栽那棵树是为了纪念爷爷。爷爷爱树，一辈子都在种树。他的人生目的就是将他家门附近的几十亩沙坡全部变成树林。然而，因为是沙土地，那里很难长出树木。可爷爷说，他能想办法让树长起来。

于是，爷爷开始在沙坡上栽种各种各样的灌木。爷爷说，有了灌木，鸟儿就来了，鸟儿能到的地方就能长出树来，因为鸟儿是天然播种机，它们能带来各种各样的树种，并把种子深深地种进土里。

爷爷栽下的灌木一点点长了起来，果然，鸟儿们就来了。如爷爷所说的那样，沙坡上竟然奇迹般地出现了一些小树，尽管它们看上去黄恹恹的，一副弱不禁风的样子，但毕竟还是长了出来。然而，只凭鸟儿的力量让树木长起来还远远不够，爷爷得亲自动手才行。爷爷便把他所有的时间和精力都放在这片沙坡上。

爷爷从大老远的地方把树辛辛苦苦弄来，栽在山上，却又不给它们浇水。这几乎是违背常理的，但爷爷却有自己的理由。他说给新种的树浇水会害了它们。树和人是一样的，如果要生活在艰苦的环境里，就必须从小加强锻炼。他说，用水浇灌过的树木，头重脚轻根底浅,长不了多久便会自然消亡。他像斯巴达人训练孩子一样训练树木。因此,爷爷栽下的树成活率低得出奇,而一旦成活,便粗壮无比,枝繁叶茂。

沙坡上的树木一天天长了起来,虽然稀稀拉拉的,却很挺拔,由于根深深地扎在地下,它们抵挡住了一场又一场的风沙。渐渐地,就有更多的鸟儿飞来了,一些小动物也开始在灌木丛中安了家。而爷爷没有看见他希望的山坡上的满眼绿色。他突然倒下了,倒在那片还没有长满树木的山坡上。

家人把他葬在离家门不远的地方,那里有他生前栽下的一些树。在他的坟前,父亲还手把手地教我种下了一棵桃树。

上中学的第一个夏季,老师让我们写一篇《种树》的作文。我一气呵成,整整写了八页,描述了我在爷爷坟前栽下的那棵桃树。那棵树是为纪念爷爷而种的,所以,我一直叫它"爷爷树"。当年我和父亲种下它的时候,依照爷爷的种树原则,没有给树浇水,可那棵树一点也不娇气,它活下来了。它可能太喜欢爷爷了,所以就拼命地长。如今它已经长得又高又大。它年年开花,年年结果。桃子成熟的时候,我时常在夜晚听到熟透了的桃子掉落到爷爷的墓边的声音,可第二天早上,掉下来的桃子就不见了,那是让爷爷捡去吃了……

我把作文交给老师。两天后的作文课上,老师把我的作文念给全班同学听,之后,又把我叫上去说:你的想象力还算丰富,但文字里渗透出一股很浓的迷信味儿!拿去改了,再交上来。

我折腾了一夜都没改一个字。

有趣的是,那个周末,就有五六个同学悄悄地来到我家,他们硬赖在我家过夜,以便来验证晚上是不是有桃子掉下来,让爷爷捡去吃了。

遗憾的是,那天晚上,桃树上的桃子一个也没掉下来。

纸　坊

○刘立勤

　　纸坊,也就是做皮纸的地方。皮纸现在已经很少见了,那时候的用途是很广泛的,可以做本子记账,可以糊窗户把寒风挡在户外。代销点还可以用皮纸包糖,母亲也可以用皮纸做鞋样子。最难忘记的是皮纸可以做风灯:挑五张大帘子的皮纸,围成一个正方体,在空着的那一面设置一个机关,安放一支漆蜡油做的粗大蜡烛。然后点燃蜡烛,随着蜡烛红黄色的火焰慢慢凝聚热浪,硕大的风灯就会慢慢地升起,就会把光明和温暖带进冬夜里那遥远的天空。

　　皮纸用途广泛,做皮纸却是非常辛苦的事情。春天,构树刚刚发出嫩芽,要上山把构树砍回来,用冲窖一蒸,然后剥皮。剥来的皮子还要用石灰渍洗,除掉外面黑黄的粗皮,留下白白的如同棉麻一样的皮子。再用兑窝将皮子舂成绒,做成纸浆,然后放进那个庞大的浆池里,纸匠才可以从里面捞纸。

　　捞纸的纸匠是个城里人,长得很白,而且收拾得十分干净,说话细声细气的,和我们村里人有着很大的差别,谁见了都喜欢。特别是那些年轻的姑娘媳妇,见了纸匠就欢喜地笑。笑在脸上,甜在心头,手里的活儿轻松了许多。

　　可惜,那些年轻的姑娘媳妇很少有机会见到纸匠,纸匠整天待在纸坊里捞纸,她们在地里劳动,谁也见不上谁。即使歇了工,她们也不好意思到纸坊里去看纸匠。倒是我们这些小孩子方便,想去了就去,想走了就走,谁也不会说什么。

我们喜欢在纸坊里听纸匠说话。纸匠能说许多方言,常常逗得我们哈哈大笑。纸匠还会讲关公,讲孙悟空,讲飞机,讲宇宙海洋,讲许多稀奇古怪的事情。纸匠也讲崔莺莺,讲林黛玉,讲"关关雎鸠,在河之洲"。纸匠讲这些的时候,却不忘手里的活儿。他一边讲话,一边将纸帘子探进纸浆池子里,左一摆,右一荡,一张纸就出来了。纸匠取下帘子,将水淋淋的纸倒放在旁边的木板上,又开始另外一张纸的劳作。纸匠高兴了,也会让我们学着捞上一张两张的,而我们捞出来的水纸不是花网,就是疙瘩。纸匠会毫不犹豫地扔进浆池,自己重新开始劳作。

当水纸积攒到一尺来高,小梅推着车子就来了。小梅是大队长的女儿,负责晒纸。小梅来了,纸匠小心地把水纸放在手推车上,小梅就踏着"咯吱咯吱"的车轮声妖妖地走了。小梅走了,纸匠的话就没了,眼睛也跟着小梅走了。我们不知道小梅身上有什么东西会扯住纸匠的眼睛,也跟着小梅走。就看见小梅一路甩着好看的大辫子,屁股一扭一扭地走进了我们那个古老的院子,把一张一张的水纸贴在干净的石灰墙上。待我们吃罢了饭,墙上的水纸就干了。小梅又一张一张地收回来,交给纸匠,纸坊旁边的库房里就有了一摞摞的皮纸。这时,纸匠会取下几张,画上田字格,让我们描红,让我们仿影。而纸匠和小梅,有一搭没一搭地说着话。我们不明白他们话里的意思,却发现他们的眼睛很亮很亮,亮得像是太阳光下面的露珠。

早晨的叶子上没有露珠而只有霜花的时候,冬天就来了,纸坊里依然忙碌不停。村子里的男男女女都去修地了,纸匠不顾水寒,依旧在那里捞啊捞。库房的纸已经很多了,一摞又一摞,垒成了一道道的纸墙。看着那一道道的纸墙,纸匠说:"要过年了,你们让我多捞纸,多捞纸好给你们换过年的新衣服呢。"我们知道纸匠不喜欢我们打扰他,放学了我们依然喜欢钻进他的纸坊。纸匠在纸坊里生了一盆大火,炉火的温暖吸引着我们。

炉火不仅吸引着我们,也引来了梅子。已经是严冬了,水纸需要半天才能干,有时一天也干不了,梅子有时间也有理由在纸坊里烤火。红红的火光照映在梅子白净的脸上,她的脸红扑扑地耀眼,看起来就像窗外枝头的红柿子,甜蜜而诱人。回过头看纸匠,纸匠也盯着梅子好看的脸,一动不动地看。脑子里忽然就跳出了"关关雎鸠,在河之洲"的句子,懵懂的心里就觉得,纸坊还是少去的好。

很久没有去纸坊了,那天下午到纸坊想问纸匠要几张皮纸写大字。纸坊里不见纸匠,也不见梅子,只有一盆旺旺的炉火在温暖地跳跃。围在炉边烤热了手,烤热了身子,纸匠还不见回来。走进库房想取几张纸回家,却发现高高的纸墙传出一阵奇怪的声音。忽然想起纸匠讲的《西厢记》,想起私会的张生和崔莺莺。我急忙就出了纸坊的大门。

出了门,看见大队长,还看见大队长后面跟着两个背枪的民兵,我感觉到了纸匠的危险。我急忙进门喊了一声"纸匠",然后拿起浆池边的推子用力搅拌纸浆。等到大队长领着民兵走进纸坊的时候,脚一滑,我大喊了一声"救命","扑腾"一声掉进了浆池。

一肚子的纸浆白喝了。在我掉进浆池后,进来的他们谁也不理我,径直进了库房。在我自己爬上岸边的时候,两个民兵带走了纸匠,大队长也带走了梅子。夜里,奶奶和娘为我收魂回来,纸匠就被送进了公安局;而漂亮的梅子呢,却扑了河。自此,纸坊被一把铁锁锁住了一切。

三十年过去,我在省城的一个大学校园里竟然看见了已经是教授的纸匠,纸匠竟然一眼就认出不惑之年的我。

我说:"您怎么还能记得我呢?"

教授说:"怎么能够忘记呢?"

是呀,怎么能够忘记呢,怎么能够忘记那个纸坊呢,又怎么能够忘记那段情呢? 这时,我感觉纸匠全身不住地抖,抖落了铁锁上的尘埃,就回到了那个冬天的纸坊。

给张小渴老师做媒

○于心亮

我们都有自己的玩具，比如弹弓、沙包、抄网……张小渴老师也有，那是一根竹管，放在唇边可以呜呜咽咽地吹……张小渴老师说这是箫。可我们觉得那应该是笛子。

风起的时候，张小渴老师喜欢坐在山顶上吹他的箫，箫声很美丽，让流浪的风儿送出好远，送到远方，送到名叫天涯的地方……我们都觉得张小渴老师身上有许多故事，但是他从来不说。我们也从来不问，只是愣着眼神，听张小渴老师吹箫。

从张小渴老师到来的第一天开始，我们就觉得他第二天会走。结果第三天过去了，第四天过去了，张小渴老师依旧没有走。我们想：也许第五天第六天，张小渴老师就会走的吧。

但是张小渴老师始终没有走，他微笑着跟我们学习山里话，我们也笑哈哈地跟他学习普通话。我们学说普通话很快，但是张小渴老师学习山里话很笨拙。这让我们感觉很开心，原来老师也有不聪明的时候啊！！

不太聪明的张小渴老师一上课，我们就觉得不是那么拘束和紧张了，我们甚至可以做一点儿小动作，还可以偷吃一点儿零食。

有空闲的时候，我们喜欢玩耍，张小渴老师喜欢写字。老师就是老师,时时刻刻注重学习。后来我们发现他喜欢把写出来的字邮寄给远方,我们于是很自以为成熟地知道,遥远的地方,原来有张小渴老师的思念啊!!

我们跑到村头上寻找放羊的二哥,我们很严肃地对二哥说:"你必须和春花姐姐拉倒,否则我们就天天打你的羊!"二哥奇怪地问为什么,我们郑重地说:"我们要让春花姐姐做张小渴老师的老婆,你要敢捣乱,我们就堵你们家的烟囱!!"

看着放羊的二哥真的被我们唬住了,我们就屁颠颠地去给张小渴老师报喜,说:"春花姐姐要成为我们的师母,你高不高兴啊?"张小渴老师很惊讶地看着我们,竟然说不出话来了。我们面面相觑却又兴奋异常,原来人一旦太高兴了,竟然不会思想了,张小渴老师不会高兴得傻掉吧?

事实上,张小渴老师对我们的好意一点儿也不领情,他甚至有点儿恼怒的样子。但他并没朝我们发火,只是说我们乱弹琴。

难道张小渴老师不喜欢春花姐姐? 我们犯难地把村里的大姐姐们一一拉来排队:

杏花姐姐嘛,脸上有颗痣,算命的瞎子说了,克夫。

桃花姐姐嘛,皮肤有点儿黑,算命的瞎子说了,命苦。

梨花姐姐嘛,腿脚有点儿短,算命的瞎子说了,懒惰。

枣花姐姐嘛……

——哎呀! 难为死个人了,春花姐姐那么好的姑娘,长得眼睛是眼睛鼻子是鼻子的,多漂亮啊! 山里的姑娘多好啊,书上不是说了嘛,淳朴善良,天真可爱……可张小渴老师怎么会看不上眼呢?

难道,终有一天,张小渴老师会走吗? 如果那样,我们就不操心了,许多年里,老师来来往往,我们已经习惯了。还是去看看天上的鸟雀吧,叽叽喳喳叫着,虽然没有张小渴老师的箫声好听,但也毕竟是美丽的声音吧？

在张小渴老师的箫声里，我们顺利地度过了一个完美的学期，我们很高兴，因为我们捧回了会考比赛的锦旗。但我们也很哀愁，因为我们感觉，张小渴老师很可能要离开了……

张小渴老师开始收拾房间了，忙忙碌碌地忙活了一个上午，然后就悄悄离开房间，独自向山外走去了。我们站在山顶上，寂寞的眼神看着张小渴老师把身影变成小山羊，变成小黑狗，变成小老鼠，变成小蚂蚁……终于变没了！！

但在傍晚的时候，我们惊讶地看见张小渴老师又变回来了，不，不仅是变回来了，而且还变回一个陌生姑娘，他俩手拉着手从遥远的山外快乐地走来，快乐地走来了……我们呼隆隆去偷听张小渴老师和那个姑娘的墙根：

——没想到我真的来了吧？

——有点儿意外，但也在意料之中。我知道你会来的。

——想不想我？

——想啊，我们的学生一直给我介绍对象，我都没有答应呢！！

——抱我一下。

——嘘，小点儿声，我们的学生很可能会来偷听墙根儿的。

金灿灿的夕阳里，我们大呼小叫地逃开了，我们一直跑，都跑到村外去了。我们看见放羊的二哥，我们严肃地说："你必须和春花姐姐好，否则我们天天打你的羊！"二哥奇怪地问："为什么呀。"我们郑重地说："学校里又来了一个女老师，如果你敢捣乱，我们就去堵你家的烟囱！"山顶的箫声又吹起来了，我们飞快地向着箫声跑去，扔下一脸茫然的放羊的二哥。他感觉很无辜。

天空很蓝，羊在吃草，鸟在叫着。教室的窗台上，绽放开美丽的花朵，清凉的山风里，很香。两只蜜蜂，伏在上面。

驮豆子

○于心亮

有人来找大舅，帮忙驮豆子，说："来回十块钱，行不？"

大舅倚在墙根下晒太阳，不远处，沉思默想着的是他的驴。大舅就把他的目光揉成细长细长的一缕缠过去，说："行，怎么不行？"

太阳在头顶上不错眼珠地看人，狗把嘴插在屁股下，用尾巴遮着脸，认真地睡。我跳到大舅身旁："驴快下崽了，怎能干活？"

大舅望着人去的背影，思量着说："一个村的……"

翌日晨起喂驴，发现下雨了。大舅去看屋檐，那里像有一群小孩在排着队往下撒尿。我说"大舅，不去了吧？"

大舅把蓑衣披给驴，自己顶张塑料布，往雨里走，说："吃菜那年，我吃过人家两片地瓜干。"

我身上裹个麻袋，手牵着裤脚，在雨中呱唧呱唧撵，大舅说："湿淋淋的，回去。"

我不回，说："驴要是下崽了，我抱它。"

大舅不说话，我也不说话，只是闷着头走。驴把喷嚏打在雨中，很响。

雨中的路很粘脚，驴却走得很快，四只蹄子一朵花儿一朵花儿地开在雨水里，看上去很得意。大舅说："嘬，这畜生。"

驴走得快,我也走得快,大舅却在身后磨蹭,他捡些石头、瓦片把路上的坑洼填平,他害怕回来时,崴了驴的脚。我喊:"回来再填吧。"大舅说:"回来不敢停,停下,驴会累。"

近午时,地方到了。大舅喂了驴,又掏出俩火烧,扔一个给我,说:"吃吧。"大舅喂驴时我看了,他双手捧着饲料,一把一把喂驴。

驴饱了,我们也饱了。往驴背上装豆子,二百来斤的袋子一上身,驴忽然闪了一下,大舅说:"嗯,这畜生。"

这一天的雨好像永远没停,淅淅沥沥缠得人没完没了。驴的蹄子把雨踩得很碎,都有点乱了。大舅就喊住驴,把豆袋子挪到自己肩上——驮着走。

这一路大舅走得很慢,我走得很慢,驴也走得很慢,我甚至能带着驴去路旁水洼里吓唬淋雨的青蛙。

后来我发现大舅肩上的豆袋子破了一个洞,颗粒饱满的大黄豆会随着大舅的脚步星星点点跑出来,我就捡了,一颗二颗三颗……

捡了一大捧豆子,然后捧着喂驴,大舅看见了,说:"你咋这样呢?"

我说:"豆子是白捡的,落在路上糟蹋,不如喂驴。"

大舅就从驴嘴里抢豆子,说:"你咋这样呢?"

大舅走走停停,脚窝儿踩得很深,能栽树了,却还外露心眼,喊:"别让驴喝路旁水。"我望着雨中迷蒙的远处,想家中的热炕头,想散发着干草和驴粪味儿的柴棚,还想看家的狗在屋檐下摇着尾巴盼人回家,我想啥时能到家啊……

我喊:"大舅,让驴驮会儿嘛!"

大舅脸上也不知是汗还是雨,反正一脸水珠子地闷头走,说:"还不到时候,我再驮会儿,再驮会儿……"

临近傍黑时,终于瞧见雨中敦敦实实的村庄了,有人影和牲口影在暗的雨中晃晃地走。大舅吁口气,把豆袋子卸向驴背。驴把蹄子奏成一片呱呱声,像踩了无数只青蛙。没了豆袋在身的大舅却反倒不会走了,他佝着背,偻着腰,拄着我的肩膀,慢慢地挪步。

卸豆子的时候,院里俩闺女在争一半破烂饼子吃。大舅斜着眼睛看了,又瞅着厚着笑容凑上近前的脸,把工钱推回去,说:"算了吧。"

我和大舅牵着驴向外走,那人依然要塞钱,大舅有点恼:"我说了,算了。"

走出门,忽然想起忘取麻袋,我就颠儿颠儿回去取。

炊烟被雨欺在屋檐下,我在雨中的巷里急跑,我一头撞开门,嚷:"他家在吃白面饺子呢! 我看见了,饼子扔在鸭棚里,鸭都不稀罕吃……"

大舅朝那人家的方向看了一眼,又去看驴。大舅一直没说话,他在心疼他的驴。

吃　鱼

○张爱国

那天下午放学，初夏的阳光还在火辣辣地照着大地。刚到院前，一股浓烈的鱼香扑鼻而来。我深吸鼻子，确定源头就在我家。

我冲进厨房。灶台上，两条鲫鱼，和铅笔差不多长，表皮微微焦黄，还撒了葱花。我端起盘子，鼻尖挨着鱼，贪婪地闻着，恨不能将那香味儿全部吸进肚子。我更想将那两条鱼吞进肚子，但我不能，我知道，今晚一定是王婶要来了。王婶是哥哥的媒人，她每次来，母亲都要烧两条鲫鱼。

母亲不在家，大概是借肉或鸡蛋去了。看着那淡黄色的上面还漂着一层亮晶晶油花的鱼汤，我禁不住抿了一小口，鲜味儿立即充塞了全身每一个毛孔。再喝一口……

我竟然喝光了鱼汤。

母亲还没有回来，王婶每次吃鱼的情景出现在眼前：喝酒时，母亲夹一条鱼放她碗里，她一口咬掉鱼头，嘴巴唑唑吸几下，一番咀嚼后就吐出一小团鱼骨，接着咬鱼尾……吃饭时，母亲将另一条鱼夹给她。吃第二碗饭时，母亲就将鱼汤全倒给她。常常，我坐在门槛上，眼巴巴看着，祈求王婶吃一碗饭就饱了，就能把鱼汤剩下了，或者把鱼刺吐在桌上而不是吐在地上被狗吃了，但王婶根本不顾我的想法……想到这,我恨起了王婶,尽管她有功于我家——给我残疾的哥哥说合了一门亲事。于是,我抓起一条鱼,一口咬掉鱼头……

我一定是中了邪或是吃了豹胆——我将两条鱼吃光了。

就在我开始意识到问题的严重性时,突然觉得喉咙有异样。我轻轻咳一声,疼!再咳,更疼!完了,我被鱼刺卡了。于是一种更大的恐惧袭向我。

我瘫坐于地,想到了黑毛爹,他是被鱼刺卡死的。(事实是黑毛爹得了癌症,临终前想吃鱼,家人好不容易弄了条鱼,他吃后夜里就死了。大人们说他是被鱼刺卡死的,目的是吓唬孩子们别总嚷着要吃鱼)他那么大的人鱼刺都能卡死,我还能活吗?我不想死,我死了,我的牛、我的伙伴、我的父母,还有我那即将过门的傻乎乎的嫂子……我都见不到了。我怕死,死后我将被埋在那有着很多坟堆和黄鼠狼的南岗,夜晚,那里还有鬼唱歌……

我躺在床上,只觉喉咙越来越疼,我知道我离死越来越近了。我急切希望母亲回来,告诉她我将死了,告诉她我不该偷吃鱼,告诉她我的死是罪有应得。可是,天都快黑了,母亲、父亲……家里所有的人,都没有回来。恐惧,随着夜幕,越来越重地压着我。

母亲回来了,她是小跑着回来的。我低低喊一声。母亲不理我,跑进内房,拿了什么东西就又要出去。我提高声音喊:"妈,我……要死了。"母亲没有我想象的那样抱着我哭,更没有问我还想吃什么,而是头也不回地说:"死了好,死了就不要我花钱又受气了!"

我不恨母亲,我知道母亲一定又是遇到了难事。我隐约觉得与哥哥的亲事有关,难道是嫂子家又要毁约?是王婶又责怪母亲对她招待不周而作梗了?我管不到这些了。我现在是在等死。我只想着死后没了母亲谁给我做饭?死人们吓我打我时我该怎么办……

喉咙还在疼。我困了,但我不敢闭上眼——奶奶说过,要死的人眼一闭就再也睁不开了。我强睁着眼,呆呆看着屋顶,希望母亲尽快回来,问她关于我死后的所有的恐惧。

母亲终于回来了,一家人都回来了。

"妈,我被鱼刺卡了,要死了。"我哀哀地说,"我不该偷吃王婶的鱼,我该死……"

"吃了好!你不吃也是被猪吃了,这几年我家的鱼都是被猪吃了。"母亲用冰凉的手擦了我脸上的泪,抱住我放声痛哭,"我的傻儿子,鱼刺卡不死人。你死不了,你还要给妈争气……"

后来我才知道,那天哥哥的亲事泡汤了,是王婶从中作的梗。

那年,我八岁。

那次,是我第一次吃上整条的鱼。

父亲不累

○张爱国

那天,父亲从地里挑回一担山芋,倒到地上,正要挑起空筐走,我跑过去一屁股坐进一只筐里,要他挑我到地里。父亲捏捏我的小胖脸蛋儿,从门口搬来两块土坯,放进另一只筐里,挑起来……于是我在颤悠悠的箩筐里和着父亲哼哼唧唧的小调儿,张开翅膀,飞了起来。

我老远就站在筐里向母亲炫耀,我是想让母亲来和我一起分享我的快乐。不料母亲却阴下脸,骂我不懂事,太不像话:"你爹都挑了一天了,不累?"我疑惑地看父亲,父亲向我撇撇嘴、斜斜眼,又笑了笑,摇摇头——哦!他不累呢!我白了母亲一眼,跑向一边捉蚂蚱去了。

回来的路上,扁担在山芋的重压下,发出沉闷的"吱呀""吱呀"声。我挥着山芋藤,学着父亲犁田时驱牛的动作,在父亲身后"驾""驾"地大叫着,一会儿又跑到父亲面前做着鬼脸。我想到母亲刚才骂我的话,又求证似的问:"爹,你是不累吧……"扁担下的父亲乜了我一眼,挤出一丝笑意:"不……不累!"我一听,一蹦老高,心里责怪着母亲不懂父亲:"爹不累呢……"

我跑去向一位小伙伴传达我坐在箩筐里让爹挑着的美妙感觉,当然,我没忘了极力向他炫耀我爹不累。小伙伴终于抵挡不住快乐的诱惑，以保证以后不再欺负我为条件，让我答应让他也坐坐我爹的箩筐。

父亲正站在水缸边用大瓢咕咚咕咚地喝着水。我坐进一只筐里，示意小伙伴坐另一头的筐里。小伙伴瑟瑟地不敢坐，我怂恿他："不要紧，我爹不累……"父亲走过来，瞪了我一眼，我噘起小嘴，求着父亲："不是呀？你刚才说了，你不累的，你不累的……"父亲咧了咧嘴："嗯，不累！"就擦擦额头的汗，挑起担子，在纷飞的石子间（我和小伙伴在筐里打着"石子仗"），又走进了余晖里……

到了地里，母亲走过来就给了我两个耳刮子，骂父亲："牛啊？累死倒也罢了……"父亲擦着汗憨憨地说："娃子乐呢，不累！"

晚上，蚊子的嘴里像是安插了一把开矿的钢钻，插进肉里就绞得人一阵痉挛。我蜷缩在父亲的怀里，享受着他蒲扇挥舞下的那一块无蚊区的安全与宁静。但偶尔，父亲许是偷懒了——蒲扇高高地举起，到了空中却慢慢地静住了。蚊子就抓住这个机会，偷袭了我。迷迷糊糊中的我就在父亲的怀里拳打脚踢起来，嘴里咕咕哝哝地责怪着："你不累，还不打蚊子……"这时，父亲就触电般"哦"一声，蒲扇就跟着夸张地舞动起来。我又模模糊糊地听见母亲说："累了吧？我来吧……"父亲喃喃着："不累……"

如今，我也成了父亲。人到中年，总是有着永远都做不完的事，整日奔波在外，回到家常常连饭碗都懒得端，但还必须耐心、虔诚地面对儿子无休止的各种问题和游戏。一段时间里，儿子喜欢上一种叫"将军骑马"的游戏，一到家，就缠着我和他一起玩。多少次，我精疲力竭，腰酸背痛，但面对儿子可爱的样子，我立时又不觉得累，趴到地上，撑起两手，撅着屁股，儿子耀武扬威地骑在我的背上，挥着鞭子，"驾！驾"地驶向"战场"……

一天，妻子对儿子说："宝宝，爸爸累了，歇会儿吧……"儿子这才

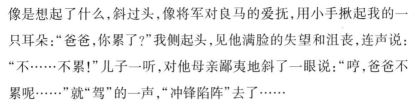

像是想起了什么,斜过头,像将军对良马的爱抚,用小手揪起我的一只耳朵:"爸爸,你累了?"我侧起头,见他满脸的失望和沮丧,连声说:"不……不累!"儿子一听,对他母亲鄙夷地斜了一眼说:"哼,爸爸不累呢……"就"驾"的一声,"冲锋陷阵"去了……

这时我才明白:男人做了父亲,就不再累了。

流浪去远方

○朱耀华

　　我不知道我是怎么挤上了那列火车的。那列火车只在我家乡的那个小站停留了一会儿。最初，没有人注意我，因为车厢里挤满了人，他们来不及注意一个与他们毫不相干的小东西。

　　我在又臭又热的车厢里找到空隙坐下来，吃着带在身上的面包和火腿肠。后来，我睡着了。当我醒来的时候，已经是第二天早晨，列车刚好到站，我跟着乱哄哄的人流下车了。

　　公交车。高楼。大商场。我敢肯定，这是我曾经在梦中来过的大城市。我感到欣喜，也突然有点儿害怕了。我不知道我该往哪里去。

　　我身上还有五十块钱。那是临走的时候，我从父亲的抽屉里拿的。我决定悄悄地走，这个计划已经藏在我的心里很久了。我想狠狠地吓唬他们一下，看他们还离不离婚。

　　我在大街上漫无目的地走着。最后，我饿了，在一个漂亮的房子前面停了下来。门口，站着两个穿红裙子的大姐姐，有人进去或者出来，她们都要弯一下腰。从透明的玻璃窗里，我看到那里面有很多小孩子，他们面前的桌子上有个方盘，里面放着饮料和各种各样的食物。我的口水不由得流了下来，我知道这样不好，赶紧用衣袖揩了。

靠窗有一个小男孩看看我，对我挤了挤眼睛。他的妈妈用手拍了拍他的头。我正怔着，一个人走过来对我说："走开，走开走开！"

流浪去远方

我就走开了。那五十块钱在我手心里攥着。后来，我在一个饭店里买了一碗水饺。我撒了好多胡椒面，把我的眼泪都差点儿呛出来了。那个胖胖的老板娘把我那张面值五十元的钱拿在眼前抖了好几下，又仔细瞄了我几眼，才找给了我一大把零钱。

我又回到了街头。转弯的地方有一个乞丐，他可怜巴巴地摇晃着手上的破碗。我犹豫了一下，给了他两毛钱。已走出几步，我又拐回去，把那两毛钱拿出来，换了一张五毛的扔进去。他张开满是胡茬儿的嘴巴向我笑笑，把一根大拇指竖起来。

我就这样游荡着，后来，我觉得疲倦了。在一个路边的小花园旁，我坐下睡着了。有人摇醒了我。睁眼看时，太阳已经暗了下去。一个矮瘦的男人站在我的面前，他的旁边还有一个装满废纸的三轮车。

他打量着我，笑了。他问："你是从家里逃出来的吧？"

我点点头。我看得出，他的目光是友善的。"跟我走吧，就住在我那里。"他说。"你住在哪里？"我胆子大了些，问他。"天桥宾馆。"他说，向前边努努嘴，"就在前面不远，又宽敞，又舒服。"

我点点头。

他让我坐在三轮车上。三轮车摇摇晃晃地向前走去。他蹬着车，口里哼着莫名其妙的调子。一会儿，到了一座天桥，桥头有一个低矮的地方，撑着一个帐篷，周围还有几块挡风的木板。他把车停住，说："到了。"

帐篷旁有一个女人，女人看见我，诧异地问他怎么回事。男人告诉她，是捡回来的儿子。我问："这就是你说的天桥宾馆？"

他说："是啊，怎么样？不错吧？"说完，哈哈哈地笑了起来。女人也笑了起来。女人打开一个口袋，里面装着几个馒头。男人给了我一个。我在衣袖上擦了擦，狼吞虎咽地啃起来。吃完，他又给了我一个。他的手里还有一个大瓶的矿泉水，他喝了两口，给我。我喝的时候也先用袖口擦了擦瓶口。

晚上，我就和他们睡在那个铺着破棉絮的木板上，男人给我讲起了自己的故事。从他的故事里，我知道了，几年前，他们的儿子离家出走了，从那以后，他们就满世界地找。

"他应该和你差不多大了。"男人说，他的声音没有白天那么爽朗。

那晚上，不知怎么回事，我悄悄哭了。天一亮，男人就骑着三轮车上路了，女人则走向另外一个方向。只有在黄昏，他们才在那个叫作"天桥宾馆"的地方会合。我坐在男人的三轮车上，和他一起在这个城市陌生的大街小巷里穿行着。

一个星期以后，两个警察找到了我。他们的手上拿着一张报纸，报纸上有一幅照片。我一眼看出来，照片上的人就是我。两个警察说他们知道我是谁，他们要送我回家。我说我不想回家，我已经习惯了这里。但是，男人和女人不肯收留我了。他们抹着泪，把我送到了车上。男人说，他们已经有了儿子的线索，也很快就要回家了。

第二天一早，我看到了爸爸妈妈那熟悉的面孔。他们迎上来，妈妈一下子把我搂进了怀里，爸爸又把妈妈搂进了怀里。

八岁那年，我的流浪生活就那么开始，又这么结束了。

往事叮咚

○朱耀华

　　那时,我还很小。我一直认为,在我很小的时候,能够认识周叔和黄姨是我平生一件幸事。周叔和黄姨都是武汉知青,那年,他们随着上山下乡的队伍来到我们那个小县城里当了工人。

　　我母亲是机械厂的工人,有好几个晚上,厂里开批斗会,母亲把我也带去了。我看到周叔站在高板凳上,弯着腰,很谦虚地接受批判。听母亲说,周叔是大学老师,来改造思想的。有时,周叔想偷懒,悄悄把腰直起来,但旁边的人就会立即把他的头按下去。

　　我忍不住笑,因为我看见周叔的腰又慢慢地慢慢地直起来了。

　　现在,跟你说说与手风琴有关的故事,好吧?

　　周叔从武汉来的时候带了一台手风琴。周叔弹奏手风琴的时候,黄姨就在旁边唱歌。我喜欢听他们的歌声,听他们的琴声。那时,听见歌声和琴声,我就噔噔噔地跑过去。周叔他们把门关着。我拍门,使劲地拍,一直到拍开。

　　拍开了门,我就在那里站着或者找个凳子骑在上面。手风琴在周叔怀里像蝴蝶的翅膀一样,一张一合。周叔面含微笑,手搭在两边的琴键上,手指翻飞着。那些声音从他的手指下面跑出来,跑进我的耳朵里。

我听得痴了。我不知道世界上还有这么好听的声音。

周叔和黄姨喜欢的歌是《红星照我去战斗》，或者《八月桂花遍地开》，我也喜欢。黄姨唱的时候，周叔的头就轻轻地摇晃，你根本想不出来，头天晚上他的腰弯了那么久。

我喜欢那些琴键。偶尔，在他们拉得入神的时候，我会突然伸手去碰一下。碰一下，音就跑调了，我开心地笑。黄姨瞅我一眼，在我手上打一下，说："坏东西！"

我不怕，我知道他们不敢真的打我。有一次车间的李叔惹恼了我，我在地上滚着，号了一个下午。谁都知道我的厉害。

有天，周叔问我："想不想学手风琴？"

我说："想。"

周叔说："那好。莫讨嫌，我就教你。"

我使劲点点头。其实，他要早这样，我就不会去乱碰那些琴键了。

周叔就真的教我。他把手风琴的琴带紧一紧，然后套在我两边肩上。他教我音阶，我的手在琴键上蹦跳着，手指下就流出了叮叮咚咚的声音。

就那样，有一段时间，几乎每天我都要去周叔那里。我一抱住手风琴就不想放手。有时候，黄姨一副愁眉苦脸的样子，直叹气，周叔就呵呵地笑。

我的手指下终于流淌出像样的调子。周叔拍着我的头说："这娃儿，聪明。"

黄姨瞅着我说："就是不讲卫生。"说完，还一笑。怕我生气，塞给我一个削好的苹果。

我伸手接过她的苹果——我才没那么小气哩。

在手风琴的伴奏声中，我很快长大了。

我读中学那年，知青回城了，周叔和黄姨一起到一个大城市去了。我不知道他们去了哪里,我只知道很远很远。

周叔他们要走了,我在抽屉里找啊找啊,找到了一本破旧的相册。我犹豫了好久,觉得实在没有比这更拿得出手的东西了。我去给周叔和黄姨告别,在周叔那间小屋里,我把那本相册给了他,上面写着:送给我的大朋友。周叔接过去了,他拿在手里,翻开,轻轻地叹着说:"好漂亮的相册!"

黄姨也接过去,翻着,说:"真漂亮!"

我的眼泪一下子出来了,我说:"周叔,黄姨,我以后再难见到你们了。"

周叔用手帮我擦去眼泪,笑笑说:"不会的,你以后读大学,然后就在大城市里上班。说不定哪天我们就会碰在一起哩。"

黄姨说:"真的。好好读书吧。"

他们走后,把手风琴留给了我。

后来,我真的读了大学,真的留在了大城市里上班。但是我没有见到过周叔和黄姨。我不知道他们在哪里,我想,即使见到,我们彼此也都认不出来了。

不久前,我回老家,从旮旯里把手风琴翻出来,掸去上面的灰尘。我把手风琴抱在怀里,手指拂过琴键,那些往事就又叮叮咚咚地跑出来了。

父亲和他的猎狗

○徐建英

父亲年轻时候是位铳手。

每到收种时节，父亲常在乡邻的左一声嘱咐右一阵叮咛中，一大清早就带干粮，扛着他自制的土铳，穿过村头的青石板路，走向密密的山林。猎狗欢欢就像一位要出征的先锋，仰着头，铃铛在前头洒下一串叮当的脆响。到夕阳的余光在青石板中逐渐隐去时，父亲宽口平底的布鞋已在石板路上留下一串踢踢踏踏的脚步声。欢欢撒开腿忽前忽后，绕着父亲打着圈圈跑。这个时候，他的铳杆上总少不了挂上些野兔、山鸡什么的，间或还有花狸啊野狍子……引得邻人一路艳羡的目光撵着父亲转。

暑期里，花生在地头长得正欢，得叔苦着个脸来找父亲，说他南垄坳的花生遭了殃，请父亲帮忙走上一遭。父亲二话没说，翌日提着土铳，带着欢欢就要上山。

欢欢兀是奇怪，以往父亲刚提起土铳，它就迫不及待地立在门牙边摇尾待命。这次它伏在地上动也不动，看父亲"欢欢、欢欢"地喊得急，就缠在父亲脚边，呜呜地轻撕着他的裤腿。父亲不解，以为欢欢病了，忙放下土铳，把欢欢前前后后翻了个遭，后轻拍它的头笑骂道："你个懒欢欢！"一旋身手一挥，欢欢又呜呜叫着不情不愿跟了上前。

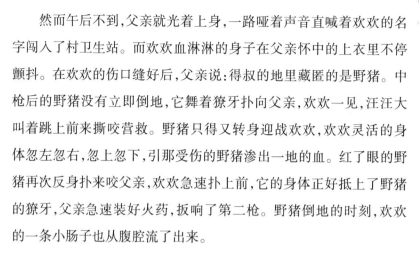

然而午后不到，父亲就光着上身，一路哑着声音直喊着欢欢的名字闯入了村卫生站。而欢欢血淋淋的身子在父亲怀中的上衣里不停颤抖。在欢欢的伤口缝好后，父亲说：得叔的地里藏匿的是野猪。中枪后的野猪没有立即倒地，它舞着獠牙扑向父亲，欢欢一见，汪汪大叫着跳上前来撕咬营救。野猪只得又转身迎战欢欢，欢欢灵活的身体忽左忽右，忽上忽下，引那受伤的野猪渗出一地的血。红了眼的野猪再次反身扑来咬父亲，欢欢急速扑上前，它的身体正好抵上了野猪的獠牙，父亲急速装好火药，扳响了第二枪。野猪倒地的时刻，欢欢的一条小肠子也从腹腔流了出来。

从那以后，欢欢在父亲眼里，真正成了家庭一员。

村里除三害，毒昏的老鼠到处乱窜，父亲很怕伤口刚好的欢欢管闲事，就用一条小链子拴住了它。欢欢被拴着的那些日子，一见我就呜呜地叫，我知道它一定是想我放了它。见父亲此时不在家，我偷偷松开欢欢的铁链子，欢欢一跃身对着我摇尾巴，又直舔着我的手，随后撒腿往外溜了去。

然而欢欢还是禁不住抓吃毒鼠的诱惑，当天中毒了。

看着欢欢嘴角直吐白沫，父亲紧紧地把欢欢搂在胸膛。听着欢欢喉咙发出一阵又一阵呜呜的声音，父亲把碗中的药往欢欢嘴边送。欢欢无神的眼直勾勾望向父亲，伴着全身一阵剧烈的抽搐，一颗泪从欢欢眼眶溢出，直滴在父亲手背。"欢欢！欢欢！"父亲流着泪高叫着，一次又一次倒好药，试图再次撬开欢欢的嘴……

"谁让你放了欢欢？"他一抬手，我的脸上挨了重重一记耳光。娘冲出厨房，摸着我的脸，一把又一把，不满地对着父亲狠狠剜了一眼，拉着我走入内房。

得叔循声走了进来，看着已经僵死在地上的欢欢，殷勤地说由他来帮着父亲处理欢欢。父亲摇头不语，在我的哇哇大哭声中，提起锄

头,抱着欢欢向河坝边的斜坡走去。直到天透黑,也不见父亲进家来。

得叔半夜来传信说,父亲还坐在坝边的斜坡上抽纸烟。

第二天,娘见父亲没回,也去河坝边瞄过几次。得叔也不时地去斜坡,他送去的饭,父亲原封未动。

第三天,娘坐不住了,折下院里的柳条子,扯着我的手赶向坝边。父亲坐在欢欢坟头,低着头,吧嗒吧嗒地吸着纸烟,有时看看天,硬是不睬我们。娘说:"狗是吃了毒鼠死的,伢子你打也打了,自个的儿子,难不真就要他偿命不成?"

父亲看了看坡下大汗淋漓地垒草垛的得叔,对娘直吼吼:"回去,你这个婆娘!"

娘气得急,一把拉过我,对着欢欢坟头,当着父亲的面举起柳条就对我抽。父亲急冲上前一把抱着我,让娘抡到半空的柳条狠狠地落在自己身上。娘一把扔了柳条,坐地号哭了起来。

日头在天空闹得更欢,直把欢欢坟头上的土烤得焦白焦白。得叔走上斜坡,绕着坟头走了一圈又一圈。

父亲站起身,一手扶起娘,一手抱着我说:"咱回吧!"走了几步,红着眼复又回头看了看欢欢那孤零零的小坟……

泛黄的粽叶

○徐建英

搬家那天,妻整理书架时问:"是你的课本吗?"

捧着那熟悉的语文课本,摸着粘在书页中那枚已泛黄的粽叶,我的鼻子阵阵发酸。

那年端午,我八岁,恰逢祖母七十寿诞。母亲把家中本不多的口粮拿去换了些糯米,又步行几里路到集上买来红豆和糖,最后拎着柴刀,上竹园砍下一把粽叶,洗净,泡在清水中。母亲说,要包粽子。祖母裹过的小脚踩在矮凳子上帮着搓麻绳,我更是跟在母亲屁股后忙上蹿下。那年月,能饱饱地吃餐好饭,是件让人很快活的事儿,至于甜糯米粽子,我还真的没有见过呢。

母亲把浸好的米与红豆拌在一起,然后把纸包的砂糖掺了进去,和匀,拿起粽叶和麻绳一折一绑就忙碌起来。看我老是舔着那裹过糖的纸,母亲笑骂我:"小馋鬼,还不去写作业。"

在小屋里我竖起耳朵,听母亲在厨房窸窸窣窣地包着粽子,偶尔,还有祖母细细的搓麻绳声夹杂着她一两声咳嗽。那次的作业,我做得格外艰辛。

随着煤炉盖子啪的一声响,白汽冒了开来,一阵滋滋的水声后,一股清新的粽叶香钻进了我的鼻子。紧接着是糯米的饭香,夹杂着

— { 121 } —

红豆的黏稠香,阵阵诱人的香气直袭而来。我大口吸着气,一次又一次揉动着鼻头,手中的笔很不听话,落了又落。

再次踮起脚向窗外望时,祖母在厨房对着我笑,接着又向我招手,我如开河的鱼儿,一下就穿梭了过去。

母亲看到我,捂着篾笼说:"妈,得给您过寿呢。"

我用力吞着口水,喉头上下颤动,眼睛死死盯着母亲那捂住篾笼的手。

"呵,我想尝尝嘛。"祖母话刚落,母亲赶忙弹开了手,取出一只粽子递了过来。

祖母嘘着气,剥开滚烫的粽叶递给我时,母亲却不依了,欲要抢来还给祖母。我又一次狠命地咽了咽口水,在祖母的微笑中,一把接过粽子就往外跑,边哈着热气,边往嘴里塞。那个香啊,直沁喉咙!可那个烫啊,我慌不迭地吐了出来,来不及抬手接过,粽子就地滚入了阴沟。

那个下午,我看什么都像篾笼,那绿色的粽子更是不停地在脑门飞舞。祖母的咳嗽声一阵阵从她卧房传来,那些日子祖母咳得频,母亲很是忧心,做好粽子她就上卫生所取药去了。我的喉头在祖母的咳嗽声中,一次一次蠕动,脚再也忍不住,向厨房挪了去。

篾笼中的粽子被我消灭得差不多时,母亲的脚步在门外响起,我忙不迭地抓起吃过的粽叶就向裤兜里藏,口中嚼着粽肉向自己的小屋奔得贼快。怕母亲看见,最后一片粽叶,就匆匆夹进了语文课本。

翌日,祖母寿诞。母亲看着篾笼中孤零零的几个粽子,愣了。

祖母说:"半夜饿,我给吃了。"

母亲自是不信。她看了看我,手抬了起来。我死死低着头,脚尖在地面使劲地磨着挪着,恨不得磨出一条缝来。

母亲叹了口气,举在半空的手又垂了下来,摸着我的头,一下,又一下……

122

恍　惚

○田洪波

这是一件真事。

那时候我还小,也就七八岁的样子吧,家里的粗重活儿并不需要我动手,因此我就有了和黑叔接触的机会。

黑叔是开东风牌汽车的司机,每过个把月就会为我家拉一次煤。

黑叔的脸很黑,块头很大,有一米八多吧,手掌在我面前伸开像个芭蕉扇。我常出神地看他。

黑叔和我父母是朋友。当黑叔把一车上好的煤拉到我家门前时,我的父母早为他准备好了饭菜。这在当时是一种不成文的规矩,不管给谁家拉煤都是如此招待。全家人会忙着卸煤,而司机则可以自顾自地进屋喝酒吃菜。

黑叔曾和父母客气过,但父母依然不会怠慢他。当黑叔把车的一侧挡板打开后,父母就会把他让进屋里,备好热水让他洗手,烫好少许白酒给他解乏。黑叔盘腿坐在炕上享用喷香的饭菜时,我会把手指下意识地伸进嘴里,躲在外屋门角羡慕地看着他。开始我还有些不好意思,后来黑叔发现了我,就把我悄悄叫进屋。

黑叔的面前,摆放的是炒鸡蛋、油炸花生,还有白晶晶的大米饭,袅袅冒着醉人的香气。那时有"大米饭,炒鸡蛋,撑死王八蛋"的说法。我就经常在心里念叨这句嗑儿,直到黑叔会意地用筷子夹菜给我吃,我才再没有在心里冒犯过他。

黑叔有时会笑着问我:上学没有? 或者问,就快上学了吧? 我摇头或点头。黑叔接着叹息一声:"人一定要有知识才行。"然后望着我出一会儿神。有次黑叔问我:"你的理想是什么? 就是说你长大最想干什么?"

我几乎不假思索:"开汽车,像叔叔一样!"把黑叔给说笑了。但他的脸很快又严肃起来,说:"记着,人长大了可以有很多选择。比如,你可以当医生,为病人解除痛苦;可以研究一些难题,做一名科学家。人没有知识,很多时候会寸步难行的,就是一个干苦力的躯壳。"

黑叔会问我一些家里的情况。我记得我也问过他:"叔叔,你们家里有几口人?"黑叔半晌才说:"八口。"

我不知道接下来还应该问他什么。后来黑叔给我夹菜,我吃出了难得的惬意,就非常乖巧地问他:"家里就你一个人工作吗?"黑叔显然没料到我会问出这样的话,定睛看着我,点点头,然后用手摸了摸我的脑袋。

那段时间,我们一大一小处得好朋友一样。黑叔并不是每次都风卷残云,他时常会剩下一些饭菜,然后从怀里摸出一个小饭盒,把剩菜小心装进去,再用塑料薄膜仔细地包好。黑叔知道我不会把这事说给父母,因此,黑叔也坚守着偷偷给我菜吃的秘密。有时父母想支开我,但黑叔不让,说:"正好我们爷儿俩唠唠嗑儿。"而黑叔答谢父母的方式,就是给我家拉来又大又亮的块煤。

那时候的我是快乐的。我常盼着家里的煤快点烧尽,盼着黑叔的到来。那样我就又可以在伙伴们面前炫耀了。

那年冬天,我发现黑叔的饭盒大了一圈儿。而且,我注意到黑叔吃得不是很多。黑叔显得心事重重,吃饭时面对我的提问,常会哑然地抬起头,却并不能马上明白我的意思。有次我忽然问黑叔:"你能吃饱吗?"

黑叔长时间地瞅我,然后用手扳过我的肩膀:"你长大了,以后会有出息的!"

黑叔把饭菜多半都装在饭盒里。当然,黑叔不会少给我吃。

后来很长的一段时间,家里拉过两次煤,司机却不是黑叔。我也不敢多问,我怕父母知道我们之间的小秘密。我照旧会倚着门角羡慕地窥视司机吃喝,不过新来的司机并不待见我,只顾忙活饭桌上的。我有些失望,开始想念黑叔。

那天睡下不久,我听到父母说话,他们谈到的人正是黑叔。父亲说他出车祸了,好像下肢有可能截瘫什么的。母亲叹气,说:"怎么会碰上这么档事呢?"父亲说:"听说,他家老三和老四这学期没考好,老师家访了,他精神有些恍惚,没把好方向盘,连车带煤栽沟里了……"母亲又叹气:"学习是长久的事,急个啥呢?"

我的眼睛在黑暗中大睁着,眼前浮现出黑叔的笑容,不由得在心里问:"黑叔还能站起来吗?"

假小子的手

○田洪波

假小子是电影院把门儿的。

假小子叫什么不知道。她常年戴一顶黄军帽,走路喜欢迈八字步,两只手总是习惯性地插在裤袋里,只在撕票时才露出一双白皙的小手。

那会儿,也只有那会儿,我们才会惊醒什么似的知道她是一位阿姨。

她每次吼喝我们一帮调皮的伙伴时,那粗门大嗓实在让我们害怕,也让我们一直把她当男人看。

她在我们的眼里是严厉的。无论你想什么法儿逃票,其实,都无法躲过她机警的眼睛。

那个高不过三尺的门过道,即她日复一日的工作舞台,也常是我们无法逾越的一道屏障。

她撕电影票存根时往往很认真,不急于让持票的人过得她那三尺舞台,总是看清了票面背后的日期,确认人和票数相符才会放行。她挥手示意对方可以进场后,常会引得观众自觉不自觉地说一声:"小手挺白!"

在那个三尺舞台上,她总是她三个同事中的主角,只有在电影快开映时,她才会从那三尺舞台上退下来。

她会回休息室,找出一柄贼亮的电棒,进电影院观众大厅清场,摇身变为任何一个逃票者都害怕的凶神恶煞。

实际上,她对电影开映后摸黑进场的观众是相当温柔的,总是不厌其烦地为他们找到应坐的座位。但对于借言是某某的小姨子、姑父之类的逃票者,她却毫不迟疑,立马将之清出剧场,连比他高出一头的壮男大汉也不怕。

我们对付她的办法多半是打游击,只要浑水摸鱼溜进剧场,我们是绝不甘心再被假小子发现清出场的。她在前场清人帮找座,我们就迂回到后场,她到后场来,我们再悄悄哈腰踅回前场。

也有被她抓现行的时候,她总是不客气地质问我们其中的一两个:"是不是又逃学了?"如果对方老实地点头承认,那多半会被她像拎小鸡一样拎出剧场的。

闹得最凶的一次是胖小,他也许是被假小子拎得脖子疼了,居然在半路中狠狠地用脚去踹假小子,把假小子一下踹火了。

"啪!"假小子毫不客气地抽出那只白皙的右手,给胖小来了个重重的大脖溜。

胖小给打哭了,疯了一样地跑回家去。

自然,胖小的父母风风火火地找上门来了。听说是假小子动的手,胖小的父亲叹了口气,胖小的母亲也嗫动半天嘴,终没说出什么。

假小子让我们几个同去的小伙伴作证,她确实是打了胖小一巴掌,但那完全是气愤于他撒谎。

道理完全在假小子一边,胖小的父母不好再说什么。假小子也似心疼地要去胖小家里看看孩子,但胖小父母连连摆手说不用,急匆匆地又返回去了。

这件事让我们几个小伙伴收敛了不少,有几次实在无钱买票,干脆就将耳朵贴在门上过瘾,但后来还是被假小子发现了。"作业都写完了? 不是逃课?"她眼神复杂地望向我们,见我们肯定地点头,她挥出她那白皙的手,"进去看会儿吧。"

那对我们无疑是求之不得的赦令,尽管我们看到的,常常只是一部电影的后半部,但因为她那样放行,我们的日子常有讲不完的电影故事,以及对她的种种印象之说。

记得听父母谈起过她相亲的事,人家听说被介绍的是鼎鼎大名的假小子,多半都会摇头而退却。虽然有时,她也会从岗位上被同事强行推走去相亲,但每次她都会很快回来。不用问,同事们就能从她的脸上读到答案,那会儿的她,对不遵守规则的观众往往是最严厉的。

假小子真正引起轰动是在一个夏天。那天,天气出奇地热,尽管假小子多次制止了多名观众吸烟,电影上映到一半时,还是不知从什么地方先引起了火灾。

恐怖的火光中,只听见假小子喊"让孩子先走"。但场面实在是太乱了,大人叫孩子哭,纷纷拥堵向门口。假小子就急眼了,狠狠扇了其中一个大人的耳光,腾闪出来,迅速和同事打开了几个安全门。我和同伴们往外跑的时候,还依然听见假小子声嘶力竭地叫喊:"不要乱,不要乱,让孩子先出去!"

那场大火烧塌了县城唯一的娱乐场所,也烧死了假小子。在事后清理废墟时,我们看到了残垣断壁中露出的一双小手,那是一双焦黑的手。

听人说,她是为了救最后两个孩子被房梁砸倒的。

许多人都围站在那里,突然就有人哭出了声,那哭声一响起,很快就引起更大的哭声。泪眼蒙眬中,我们眼前晃动的依然是她那双白皙的手。

那曾是一双多么漂亮的手啊!

盼　哥

〇田洪波

　　那时我十岁,哥每次从知青点归家之日,便是我的盛大节日。十九岁的哥像变戏法一样,会变出许多好吃的。我大呼小叫,会一蹦三尺高,把自己的身体悬在哥哥身上,逼着他打转玩儿。

　　哥是神,是我希望的明灯,照亮了我的世界。很多次梦见他,明明是欢声笑语的场景,醒来枕边常是湿的,我会哭很久。母亲常陪着我哭,直至再把我哄睡。

　　盼哥回家,成为我最大的心事。一进入腊月,我就开始用铅笔在日历上勾画。瞧见哥的身影,不啻看到一轮太阳,会不顾一切扑上去。

　　哥每次都会满载而归,木耳、山鸡、榛子、花生、猪肉、牛肉、羊肉,甚至是小苹果。这一夜,我会坚守在灶台边,把肚子吃得圆鼓鼓的,才会恋恋不舍睡去。早起睁开眼睛的第一件事,还是惦记锅里那点儿好吃的。酸菜炒肉是我的最爱,父母和哥都看着我吃。母亲总是湿润着眼角,不住地看哥。

　　第二天晚上,鸡肉的香味儿把我的口水勾出来了。母亲盛出几碗,由哥给几家邻居送去,我的视线会被牵出很远。那几家邻居有五保户孙奶奶,曾经的大学生郭老师一家,小瓦匠一家。

　　端起饭碗,我吃得飞快。哥让我慢点儿,把肉往父母饭碗里夹,说他在知青点常吃。父亲沉默不语,也不动筷,母亲则一直用衣襟擦泪。我顾不得许多,我的眼里只有鸡肉,我甚至开心地想:"二胖、小梅他们今晚会吃什么?肯定不如我,因为我有一个哥,我的哥是神。"

我很少想过为什么只有一个哥,并且比我大那么多,邻居家多是有五六个孩子。吃是我那时候的大事,我会嘴上冒油,得意扬扬地出现在二胖、小梅面前。

孙大娘她们会来家看哥,拉着哥的手说:"好孩子!"他们会聊很久,有时会流泪说:"你们真不容易,你们还是孩子啊!"听着他们说我听不懂的话,有时我会睡过去。等我醒来,发现他们还在聊,我很不高兴地想:"是不是想留在我们家吃饭啊?哥带回家的那点儿东西可是有限的。"我会闹情绪让他们早点儿走。

哥回来了,我嚷着要和他一个被窝睡觉。父母嗔怪我:"你是女孩子,和哥睡不方便。"我大哭大闹:"就不,我就要和哥睡!"哥最后笑着说:"好好,我答应你这个跟屁虫。"

哥给我讲连队里的事,讲他们偷着打山禽野兽什么的,讲看露天电影吓尿裤子的事。有时讲不完,就留到饭桌上讲。无论哥帮父母干什么活儿,我都会一直追问下去,让哥很无奈。

我常盼望这样的日子多一点,有时写作业都会分心:哥快回来了吧?我在地图上查哥下乡的那个农场,地图上有标注,但不是很清楚,看着距离并不远。可哥每次回来,据说先要走六七公里,然后坐一夜火车,再走六七公里才能到家。那时我的理想是做发明家,发明一种能让火车变快的交通工具。

那年腊月,接到哥回家的消息,我高兴得天天踮着脚走路。可是,等到快天黑还是没见哥。父母很紧张,我也吓得花容失色,把母亲抱得紧紧的。

天擦黑,哥终于一瘸一拐地回来了,全家人都愣怔在原地。哥见到家人,一下子瘫倒了。父母急忙上前搀扶,才发现哥身上受了不轻的伤,有血迹已经在脸上结痂了。一问才知,哥被两个小子打劫了。哥的反应很痛苦,连夜送到医院检查才知是左臂骨裂。

哥带回来粉条、猪肉和面粉,以及一些杂七杂八的东西,且不说他怎么拿得动,单是被打成左臂骨裂,还能英勇地护卫自己不至于空手,就让人佩服。

父亲抽烟不语,母亲泪水流个不停,数落哥:"你傻啊,命重要还是东西重要?""都重要。"哥笑着安慰母亲,然后看我一眼,"妹还等着我这个有能耐的哥哥哪。"一席话把母亲说得老泪纵横。我在一边则气得大骂那两个丧良心的。哥微笑着把我搂在怀里:"你最近学习怎么样?"

家里一下热闹起来。住院哥是不肯的。他说不碍事,伤会很快好起来。邻居孙大娘她们帮忙打听偏方,居然很对症。哥一天天好起来,父母松了口气。但假期是有限的,后来只好续了假。哥表示听从天意,但他脸上分明写着心事,有时看着一处地方就分神了。父母以为他想连队,想战友,极力劝慰他。哥嘴上表示没事,私下依然如故,看得出他的心结解不开。后来臂伤还没痊愈,就执意回知青点。父母无奈,只能给他收拾东西。

这是我最开心的一个假期,因为和哥在一起时间长,哥这一走倒让我不适应了。我哭成了小泪人,万般不舍送走了哥。

一切都回到旧日的轨道上,大概过了一星期,家里突然来了几个神秘的人。来人是知青点领导和公安局的,他们告知,哥在火车上巧遇那两个打劫的人,双方动起手来,那两个人被哥打成重伤。据说哥已经被关押起来。不知哥要被关多久,我号啕大哭,母亲更是没日没夜地流泪。

母亲带我去探望受伤者家属。我走得深一脚浅一脚的,问母亲:

"哥什么时候回来呀?"母亲瞪我一眼:"你个小馋虫,还惦记吃!"我说:"不,我是盼哥回家,你和爸爸好有个帮手。"母亲愣怔了一下,欣慰地笑了,用手拂去我脸上的泪珠:"小春长大了! 我们一起等哥回来,好吗?"

偷　杏

○宋以柱

村子周围几座山，半圆状相连。

向西过了沂河，虎山和凤凰山之间有条沟，叫柴干沟，水很清，有鱼，也有螃蟹，阴历八九月相交时节，螃蟹最多。顺沟而上四五里，有一个村落，十几户人家，叫柴干村，很别扭的名字。但是我们都愿意来。为什么？有杏树。沂河两岸的村庄，只有这个村子的杏树最多，家家户户都有，在集市上见到的一筐一筐的黄杏、红杏，圆的、扁的，都是这个村子的。

五月红六月黄，说的是摘杏的月份。五月红，红透在五月中旬，个头中等，满树挨挨挤挤，红着脸，像叽叽喳喳的孩子。六月麦黄，正在忙麦收的时候，黄透的是麦黄杏，很软，个大，一捏一包水。杏子熟了的那段时间，搅得我们上树爬墙。

偷杏总得有个好理由，几个小伙子，突然出现在大忙季节的山路上，大摇大摆的，一看就知道是奔杏去的，人家早早就把狗牵到杏树底下了。我们不怕狗，却怕它不住声地叫。

逮蝎子是我们最好的理由，过了初夏，到了杏熟的时候，我们的活动就频繁多了。大人不拦，我们也不嫌累。几座山转下来，到了中午，每个人的瓶子里总有几十只大蝎子。那时，带的煎饼当零嘴吃了，又累又饿，更渴得难耐。我们的落脚点总在柴干村东面的凤凰山半腰，每人找一块大石头坐下来，眼巴巴地看着山下房前屋后一团一团的红黄，不住地咽唾沫，不住地拿眼看带头出来的三哥。

三哥大我们很多，十七八岁，个头高，大手大脚，粗壮。看着山下，很果断地一挥手，下山。我们几个很像冲向陷进包围圈的鬼子，下山的速度很快。

挨近村子，我们就成了"鬼子兵"了。不敢进院子，不敢大声说话，只敢打手势。杏树多了去了，院子外面一棵挨一棵，全是杏树。各自找一棵中意的，鞋脱了，装蝎子的瓶子放进鞋里。三哥三下两下爬上一棵，早早扔下几个杏核。我们就猴一样上树，撅着屁股往上爬。一个不会爬树的，放哨，蹲在院墙跟前看着，有人出来就喊。先吃，吃饱肚子的过程很快，再把上衣兜裤兜也装满了。树下铺一层杏核。下树的时候有些困难，怕挤了兜里的杏子。正撅起腚来，寻思着怎么下树的时候，下面一声脆喊射上来。

是一个姑娘。白，手白，脸白；俊，脸俊，身子也俊。

三哥说下。下到一半，又上去了。每棵树根周围都铺满了荆棘，一直铺到我们跳不到的地方。

"这小姑娘够狠的。"三哥嘟哝一声，重又爬上去，坐到一个树杈上，摘几片叶子当扇子。他已经吃饱了。

"把荆棘拿开。"三哥朝下喊。

"想都别想。"小姑娘看也不看，抱着胳膊蹲树荫去了。

三哥摘一个杏，不吃，左看看，右看看，嗖地扔到地上。三哥又扔。一个，一个，熟透的杏子扔到地上就瘪了。那个姑娘瞪着三哥，干生气，没办法，又心疼杏子，就拿袖子抹眼泪。我们都不忍，三哥还是一个一个往下扔。

"妮啊，和谁吵吵？"出来一个老奶奶，颤颤巍巍的，瘪着嘴。

"吃几个杏,你看看你。他们家没有。"老奶奶怪那姑娘,又使劲仰起头对着我们,"都下来,都下来。妮啊,拿开拿开,把荆棘拿开。"一边说,一边用手中的木棍挑开荆棘。

那姑娘一转身走了,气鼓鼓的。

"再来吃杏啊,到家里去。小不点的人,爬树吓人。"老奶奶也回院里了。

不会爬树的就是我。院子里出来人我根本不知道,正看着三哥他们使劲咽唾沫呢。那妮子闪出来,一把就把我摁住了,扬着手,冲我瞪眼,不让我说话。我就呆了。她太俊了,再说手掌上有老茧,那滋味我知道。

三哥站在树下愣了一会儿说:"把蝎子给人家留下。"我们不愿意。三哥留下自己的瓶子,扭头上山。"你去问问宋丽华她叫什么名。"爬到山顶,坐到一块石头上,三哥小声和我说。宋丽华和我一个班,读二年级,就是这个村的。我瞪着眼看了他好几秒钟。

三哥当兵回来时,变得腼腆了很多,不再那么咋咋呼呼的。我们家院里院外、果园里也有了杏树。让他吃,三哥就吃,还说他在部队上也吃过。我们却懒得吃了。我们都到镇上读初中了。

三哥把三嫂娶进门的时候,我一眼就认出来了,就是那个叫刘英的又白又俊的妮子。我们只有傻笑的份儿了。那天晚上,我们听见三哥对妮子说:"要不是你一封信一封信的,我还不想复员呢。"妮子说:"你是想吃杏吧。"

"三嫂,我们也想吃杏!"我们一起喊。屋里一声脆喊射出来:"滚!"

这时候,那位老奶奶已经去世了。

朗读的心

○亦 农

几乎整个冬季，每天晚上我都做同一件事情。

"可以开始吗？"我问。

"可以了。"外婆准备就绪，半躺在床上微闭双目。

于是，我摊开书有声有色地朗读起来。那个冬天我想尽自己最大所能帮助外婆，让她在幸福与快乐中渡过难关。

"妈妈，我很小的时候，外婆最疼我，是吗？"

"当然。不疼你疼谁？"妈妈忙着扎鸡笼，黄鼠狼偷走了村里五六只鸡。

"那么，当外婆需要时，我应尽力帮助她，对吗？"外婆卧病在床，读小学三年级的我，像所有个性极强又富于爱心的孩子一样。

"当然！"妈妈看着我，"小恒，你什么意思？"

"我是说，我可不可以不去学校，与外婆在一起，我们会很快乐。"

"啊？又在打歪主意！"妈妈拎起一根木棍——只要愿意，她总能顺手找到木棍——指着院门喊，"快上学去，再逃课我打断你的腿。"

与妈妈谈判失败，我懊丧了几天。一切又恢复老样子，每天吃过早饭，我不得不背起书包去学校，听班主任兼语文老师"四眼"讲课。"四眼"是一个五十多岁的瘦高老头，戴着老花镜，看人时眼珠往上翻,低着头从镜架框上望过来,令你浑身每个毛孔都不舒服,我私下不怀好意地叫他"四眼"。

我讨厌学校,讨厌"四眼",讨厌那些像苍蝇似的文字。我总是把语文书放在书包最里面,以免看见它影响心情。我喜欢独自到田野,那高高的蓝天、一望无际的碧绿庄稼令我陶醉。很小的时候我病了,外婆会抱着我到小河边,看那在水里自由自在游戏的小鱼。现在,外婆孤单地躺在病床上,我却无能为力。

几天以后,我和妈妈之间又发生了冲突。

"我不想上学,只想和外婆在一起。"

妈妈气急败坏,把那张令我尴尬的36分语文试卷扔在地上:"瞧瞧,还有脸让我签字,考这样的成绩也不害臊!"

"我讨厌'四眼',我讨厌读书!"我歇斯底里地跳着大叫。我仿佛看见"四眼"幸灾乐祸的模样。他让我把考卷交给妈妈,不就是希望我吃一顿皮肉之苦吗?这个阴险的家伙,我该诅咒他喝口凉水被噎死。

还是外婆最疼我。她把我揽在怀里,说了许多安慰的话。我逐渐平静下来。外婆忽然轻轻地问:"你真的想帮助外婆?"

我使劲儿点点头。外婆说:"好吧,我最喜欢听小恒读书,读老师讲的那些有趣的文章!"这我从未想到过。从前外婆最喜欢我扮成一名解放军,头上戴着柳条编的帽子,腰插手枪,高唱:"雄赳赳气昂昂,跨过鸭绿江……"虽然恨死了"四眼",恨死了语文,但我不能拒绝外婆的请求。有史以来,我第一次郑重地打开语文书——那本已经破烂不堪,像卫生纸一样卷在一起的书。但是,麻烦很快就来了,一连几个字我都不认识。听得津津有味的外婆睁开眼睛,问:"怎么不读了?"

"我,我……"我的脸肯定涨得像紫茄子。

"如果不愿意读,外婆就不难为你了。"

"不,不。"我差点儿急出眼泪。我无法开口承认自己不认识字。那天晚上,我平生第一次感到羞愧。虽然妈妈此前无数次因为我不安心学习而责骂我,甚至揪痛我的耳朵,可这次不同,生病的外婆需要我,而我却不能满足她。

第二天,我破天荒地主动敲开"四眼"的门,希望他能告诉我那几个陌生字的正确读音。出乎我的意料,"四眼"异常热情地接待了我。在我告辞的时候,他还亲切地抚着我的肩说:"小恒,很高兴你来。"其实,"四眼"并不像我想象得那么可恶。

以后几天,我不得不天天去找"四眼"。因为每天晚上,我都要遇到几个陌生的字词。在又一次回答完我的问题后,"四眼"慎重地询问我这样做的原因,他不明白一向对书本深恶痛绝的学生,为什么忽然对读书产生了如此兴趣。虽然不太情愿,我还是把一切说了出来。

"向你的外婆问好,她很伟大!""四眼"扶镜架的手在微微颤抖,看得出他有些激动,"这样吧,我教你一个识字的办法!""四眼"从书架上取出一本字典。就在那个阳光灿烂的下午,"四眼"教会了我如何查字典。临走的时候,"四眼"打算把那本字典送给我,我谢绝了。爸爸在我八岁生日的那天,曾经送给我一本《新华字典》作为礼物。为此,我有将近一天不理睬爸爸。当时,我热切希望得到一支会"嗒嗒"作响的冲锋枪。

回到家,我一头扎进床底下,从一大堆乱七八糟的玩具和小人书中寻找那本字典。然而,我翻得天昏地暗也不见字典的踪影。

"小恒,你在干什么? 衣服又弄脏了!"

我仍撅着屁股埋头寻觅。"问你呢,小恒!"妈妈一把将我从床底下揪出来。

"《新华字典》,爸爸去年送给我的生日礼物。"

"你不是拿它做小狗的枕头了吗?"

"天啊!"我冲到狗窝前,可怜的字典还躺在那里。我很庆幸它没有被小狗当烙饼咬碎。

奇迹在不知不觉中发生。我发现那本破旧的语文书并不太令人讨厌,里面有动听的故事、优美的诗歌。我开始愉快地上学,认真听课。"四眼"提问时,我不再缩肩藏头担心他点到我的名字,我也有机会在课堂上神气地朗读课文了。

每天晚上,做完家庭作业后,我就拿着书坐在外婆的床边,说:"可以开始吗?"

"可以了!"外婆笑眯眯地回答。

我已经能够准确无误地朗读那些文章,甚至还可以有声有色地把它们背诵下来。期中考试,我的成绩一跃成为全班第一,我被评选为"三好学生"。"四眼",不,谭老师亲自把奖状颁发给我。当我把烫金的奖状双手呈给外婆时,她高兴得掉下眼泪,不断说着:"太好了,太好了!"

也许,朗读的确给病中的外婆带去了幸福和快乐,但真正受益的却是我。它使我从此畅游于广袤的知识海洋,并受益终生。

一条河流的伤逝

○周东坡

后来,雨停了。

雨停得很干脆,毫不拖泥带水,说结束就戛然而止,连余音都收走了。要不是竹叶滴滴答答还在往下淌着水,我甚至感觉这一场雨根本就没有发生。走出竹林,抬头看看天,天空像被刷子刷了一下,刷去了一身灰白色,显出蔚蓝的天光。

太阳出现在竹林上方,水洗过一样,不热烈,但高远、澄明,一尘不染。

我想说的是,因为这一场不期而至的雨,我的快乐和痛苦都无从完整表达了。

竹林里的涓涓小溪走在了我们前头,我知道它的去向,那条叫作竹溪的河水已经越来越接近初夏,这意味着它将被更多的赤足踩来踩去,并且有充足的理由溅起一片片洁白的水花。

此刻,竹溪河涨水了,湍急的河水漫过两岸的青草地,而绿油油的青草叶上还悬挂着晶莹的雨珠,两相映衬,像极了一幅水墨山水画卷,美好得不真实。

青草的柔软贴近我的足尖,痒痒地撩拨,这种感觉带给我无尽自由的快乐。一直以来,我知道哑巴豆花是不快乐的,因为她不会说话,也就无法跟我一起去学校读书,很多时候我常常想用自己的快乐让她绽开笑容。真的,她笑的时候是非常好看的,两个小小的酒窝盛得下初夏所有的灿烂。

我向她招手。她站在岸边,来自乡间的一束光打在她娇小的身上,明朗、清澈。

做一条河流一定是幸福的,无论起伏跌宕,还是缓慢流淌,都很自我,无须顾及某一次天色的喟叹,只要沉着地收下属于乡村的春夏秋冬,即便是稍显乏味的语调也足以把一段岁月变迁讲述得耐人寻味。

它只是一条河流,却有着无尽的吸引力,一拨拨人来了,又走了,面孔大同小异。竹溪河年复一年裹挟着雨水以及杂质,自顾向东流去,一种距离感,让它能够保持足够的从容。

当然,竹溪河流淌一百年或者更久,似乎没有什么区别,如果有的话,也一定不是竹溪河有了什么改变——河流的沧桑变化是需要积累久远时间的,而一粒石子投射进来,就能够轻易篡改水纹的走向。

其实,这一切都与我无关。在我眼里,竹溪河始终如一地亲切,它见证了我的快乐,也见证了我的成长。

上数学课的时候,我常常心不在焉。

我讨厌那些数字和符号,它们除了躲在课本里面和演算纸背后嘲笑我,再没有什么别的本事。它们看不上我,我也懒得搭理它们,于是,我常常趴在课桌上涂涂画画,一节无聊的数学课很快就过去了。

我也讨厌那个戴着眼镜的数学老师,一口饶舌的外乡口音,听得人一脑子糨糊;而且凶,回答不出问题或做错了练习题就把你提溜到黑板旁罚站,有时一堂课提溜出七八个人,挤成一堆,又不敢动弹,那直挺挺的滋味真不好受。

我总是希望他能把我赶到教室外罚站,那样的话我就自由了,站着、蹲着都不会被他看见,就是你干点什么也没有人来管。我就是在那个时候热爱上画山水画的,我的裤兜里经常揣着纸和笔,在教室外罚站时就取出来,画雾蒙蒙的远山,画静静的竹溪河。画到那片草地时,我会添加上去两个小人,一个是理着锅盖头的男孩子,一个是梳着羊角辫的女孩子。

只有我知道,那个理着锅盖头的男孩子是我,那个梳着羊角辫的女孩子是哑巴豆花。

这片被竹溪河滋润的草地,因为我们的来临而记录下植物茂盛生长的细枝末节。

疯玩够了,我们开始割猪草,这是我们每天必需的功课,否则,家猪们就要挨饿了。

割猪草的时候,我总要多割一些,因为我的力气比哑巴豆花大,手脚也比她快。而每到这个时候,哑巴豆花就会放下手中的镰刀,跟在我后面把散落的猪草捡拾到竹筐里。我们分工合作,用不了多久,两个竹筐就都堆起了小山。

一只蝴蝶飞过来凑趣,它许是嗅到了青草的清香,围着竹筐上下盘旋,然后踮着脚尖轻轻停在一枚草叶上。

我伸手想去捉,却被哑巴豆花拉住了衣襟。她向我摆摆手,伸出一根手指放在嘴唇上,然后蹑手蹑脚靠近,在竹筐边蹲下,静静看着娇小的蝴蝶上下挥动着薄明的羽翅,翩翩而舞。

我也在哑巴豆花身边蹲下。

那一刻,两个好奇的孩子,一只好奇的蝴蝶,被绵长的时光定格在记忆中了。

不知道过了多久,村口传来高高低低晚归的叫声,我们站起身,不想却惊扰了蝴蝶,它顺势翩然飞起,稍作流连就飞过竹溪河,消失在对岸的花丛中了。

我帮哑巴豆花把竹筐背到身上，然后提着自己的竹筐和她相跟着跑出草地。

　　夕阳西下，风停息了，竹溪河发出很大的声响，清洌洌的。

　　我们在村口分手，她向西去，我向东走。从此，我们便再没有交汇，而那片草地就是在那一天埋葬了我的童真。

　　哑巴豆花是溺水而死的，没有人知道原因，但一定是意外，因为所有的人都知道哑巴豆花怕水。

　　当我从学校跑到河岸边的时候，哑巴豆花已经静静躺在地上，死亡笼罩着她，但是她的脸却很安详，没有丝毫恐惧的痕迹，仿佛她只是睡着了，轻轻地呼叫就可以把她唤醒。

　　"这孩子真可怜呀，"人们说，"如果她能够说话，怎么可能没有人来救她呢？"

　　而我再帮不上她了，谁也帮不上她，那就让她一个人静静地待一会儿吧。

　　那一年，竹溪河苍老得很快，流速一慢再慢，终于断流了。

马 蜂 窝

○胡天翔

　　1990 年暑假的一天,吃过早饭,我跟着大姐去村子的池塘洗衣服。我在水里摇来摆去地涤着大姐搓过的衣服,就听到对面的小树林里传来幽幽的口琴声。我知道是杨老师在吹口琴。那琴声沿着水面漂过来,听着却让人高兴不起来。

　　"大姐,杨老师吹的是什么呀?"我问。"口琴。"大姐说。"大姐,杨老师用口琴吹的是什么呀?""《梁祝》。""梁柱不是在房子上吗?""不是房子上的梁柱,是《梁祝》。""《梁祝》是什么呀?""你不懂,别乱问。""杨老师说不懂要问。""他说的,你去问他!"

　　大姐把手里的衣服涤好,扔进盆里,站起来,端着盆子走了。大姐不理我也不等我。大姐的眼睛湿湿的,还像要哭的样子,真是奇怪。

　　大姐不说,那就去问杨老师。杨老师叫杨文化,是大姐初中的同学。就像大姐初中没有考上师范一样,上高中的杨文化也没考上大学(那时初中考师范和高中考大学一样难),代我们的语文课。村里人都说杨老师端的不是"铁饭碗"。去问杨老师,知道了《梁祝》是一个叫梁山伯的男子和一个叫祝英台的女子化成了蝴蝶的故事。去问杨老师,替杨老师给大姐捎信,私下把信拆开知道了"我等你,小树林"。跟着大姐,在小树林里,在月亮之下,在光影之中,我看见了杨老师和大姐紧紧抱在一起。

　　我知道大姐喜欢杨老师，可是母亲却想让大姐嫁个有钱人。三天后，母亲让村长给大姐找的有钱人来相家了，骑着摩托来的，还是个光头。我的伙伴们一窝蜂挤进院子里看热闹，有的还喊着我的名字说："红旗，你也能坐摩托车哩！"大人们也三三两两地站在院墙外面，伸着脖子朝里看。我的二姐，红梅，悄悄地对我说："村长说那人是养猪专业户，家里可有钱哩。"可不，摩托车上驮着一大块猪肉哩！叔叔也来了。大姐初中毕业的那年，父亲走了，家里来了客人，都是叔叔来陪客。

　　那人进堂屋时，正好大姐从屋里出来。他就盯着大姐看，他一定是看上了大姐圆圆的脸庞、细长的眉、又黑又亮的眼睛、不高不低不胖不瘦的身子，还有又粗又长的麻花辫子。要不，大姐都进西屋啦，他还扭着脖子朝西屋里看。中午吃的是饺子，白菜大肉馅。养猪专业户饭量大，心情也好。

　　我一连给他端了三碗，他还要吃第四碗。"俺家有钱，红花嫁给俺，肉尽吃，衣服够穿。"他说。"那是哩，那是哩，都说你家是养猪专业户哩。"叔叔说。

　　大姐不愿意养猪专业户。虽然村长说他家圈里的猪，像天上的云彩团子一样多。大姐不吃饭，躲在西屋里。母亲和二姐去喊了两趟，也不出来。母亲说，她不同意也不中，婚事就这样定下啦。母亲还说，等吃过饭，她就会给那个人说大姐同意啦。我去喊，大姐用单子蒙着头，不理我。不过，单子一动一动的。大姐哭了。说实话，和杨老师比起来，我也不喜欢养猪专业户。再说啦，自从我看见了大姐和杨老师抱在一起，在我心里他们就是一对了。我想起杨老师讲的《梁祝》，我不想让大姐和杨老师也变成两只蝴蝶。

　　我在东墙下的阴影里想着心事的时候，那人却从堂屋里出来了，找厕所。想着大姐伤心的样子，这个人却像没事一样吃了四碗饺子，我真不想理他。可我还是领着他向屋子后面走去，指了指厕所。就在他进入厕所的一瞬间，我看见了厕所门口上面的那一窝马蜂。

就像杀猪一样，凄惨的叫声把屋里的人都喊了出来。我们看见养猪专业户一边跑着，一边去扒拉趴在他光头上的马蜂。可是失去家园的马蜂们愤怒了，它们前赴后继地朝那颗硕大的脑袋发泄着不满。叔叔挥着一张被单子，才把它们赶走。养猪专业户的头变得更大了，眼睛却眯成了一条缝，可一个个红包还在慢慢地肿起来。大人都说快去医院看看才好。那人忍住疼痛骑上摩托车，一溜烟向着陈店镇上的医院去了。

看着掉在地上的马蜂窝，母亲感到很奇怪。"好好的，马蜂窝咋掉下来了？"母亲说。

让我感到奇怪的是：看到我躲到她身后，大姐紧紧拉住我的手，好像她看见了我捅马蜂窝。

塘

○胡天翔

　　我还是更喜欢夏天。夏天来了,墙根下的阴影还有一人长,我就穿着小裤衩,或者什么也不穿,光着屁股朝村里的池塘跑。

　　我的左手拿根木棍,右手拎只红色的小瓷盆。我一边跑,一边用木棍敲着盆底,还大声吆喝:"摸螺儿啊!摸鱼啊!"我的喊声和木棍敲打盆子的声音配合得很默契,此起彼伏。是的,木棍敲打盆子的声音是一种信号,我的喊声也是一种信号。听到信号,杨红旗等十多个孩子也都往池塘跑。他们也拎着五颜六色的盆子,也像我一样,大声地吆喝着:"摸螺儿啊!摸鱼啊!"我们吆喝着,跑向池塘,像草丛里受惊的青蛙一样,"扑通、扑通"地跳进水里。

　　我端着一盆螺儿,从奶奶家门前走过,对坐在树下纳凉的四叔说:"看,一大盆螺儿,还有鱼!"那神情,就像课本上的王二小把敌人带进了八路军的埋伏圈一样骄傲。四叔笑笑说:"螺儿不少,鱼就小了些,我捉的鱼都有娃娃一样大。"对四叔的话,我是半信半疑的。鱼都有娃娃一样大,不成精了吗?晚上,端一碗螺儿肉到奶奶家。奶奶却说:"那还是小鱼哩,大鱼都像小肥猪,要一个大人才抱得动。"看吧,奶奶说我们池塘里的鱼像小肥猪。四叔说鱼像小娃娃。我的鱼只有鞋子一样大。

四叔初中毕业,没考上中师,心里难过,他常常一个人在塘边的树林里吹口琴。那时初中毕业考中师比现在高中毕业考重点大学还难。四叔早上吃过饭去吹,晚上吃饭前也去吹。

"你去陪陪你四叔,多和他说说话。"父亲说。

我和四叔坐在池塘边的树林里。树木又高又大,繁茂的枝枝叶叶纠缠在一起,遮蔽了夏日骄阳炙人的热度。池塘里的凉气,丝丝缕缕钻进衣服里,吮走汗水,给人清凉。十一岁的我,不知道四叔吹的是什么,却觉得那声音和旋律让人听了高兴不起来。

"四叔,你吹的是什么呀?"

"口琴。"

"四叔,你用口琴吹的是什么呀?"

"《梁祝》。"

"梁柱不是在房子上吗?"

"不是房子上的梁柱,是《梁祝》。"

"四叔你吹的《梁祝》是什么呀?"

"你不懂,别乱问。"

"老师说不懂要问。"

…………

"四叔,你看有好多鸟飞到树林里啦。"

"我知道。"

"四叔,你没看怎么知道。"

"我看见它们映在水中的影子。"

"四叔,你看好大的鱼。"

"我知道。"

"四叔,你没看怎么知道。"

"我听见它'哧'的一声跳出水面,又'啪'的一声落入水中。"

....

　　我话多了,四叔就不理我,只低头吹他的口琴。琴声,像水面上荡开的波纹一样,徐徐地在空气中铺展。无话可说的我,抬头看看头顶的树叶,低头瞅瞅波光不兴的水面。池塘南面的树林里,有两只斑鸠在一棵大洋槐树枝头上飞来飞去,忙着搭窝。

　　夏夜,我是和四叔睡的。拿扫帚在大树下扫一片净地,洒清水去尘降温,铺席片儿在地,垫鞋子在席下当枕头,四仰八叉朝席子上一躺,肚子上搭一条薄薄的毯子,任凉风徐徐吹着,听纺织娘、金蝉子、地蛐蛐的叫声从墙根下、草棵子里传来,我一会儿就能睡着。

　　四叔却常常睡不着。我总听见他在不停地叹气。他叹一口气,就会翻一下身,然后再叹一口气,又翻一下身,好像他身下不是席子,而是一堆碎石头。有时候,四叔还一动不动地坐着。夜在虫声悠长的鸣叫里走向深处,月亮爬上了头顶的天空。好不容易就要入睡的我,却被一阵好像屋檐滴水的声音惊醒。

　　四叔没有回到席子上,我听到他的脚步声越来越远。我坐了起来,看见四叔的身影朝池塘的方向去了。这么晚了,四叔去池塘干什么? 我连鞋子也没穿,光着脚板,在后面悄悄地跟着。露水和夜风凉了被阳光烤热的大地,月光从树缝里漏下来,跌落了一地的碎片,光着脚板走在上面,像踩着一块块圆润温凉的玉。四叔穿过树林,来到水塘边,停了下来。

　　四叔干什么啊,四叔要跳沟吗? 四叔没有考上学想不开? 站在树林里,我吓得心里怦怦直跳!

　　四叔真跳到水里了。天啊,我吓傻了。四叔却从水里冒出来了,大口大口地呼气,就像胸中被什么堵着一样,他不停地呼吸,要把它们吐出来。四叔像一条大鱼一样,哗,游到这儿,哗,又朝另外一边游过去。四叔就那么没有方向、没有目的地游啊游啊,像要把身上的劲儿使完似的。看来四叔不是要跳沟。过了好一会儿，四叔累了，我看他躺在水中，浮在水面上，一动不动。他就那么静静地漂着漂着……

见四叔要上岸了，我从树林里溜出来。躺到席子上，听见四叔的脚步声，我闭上眼，身子一侧，假装睡着了。四叔躺了下来，他再也不叹气啦！他再也不翻身啦！一会儿，我听见了他的呼噜声。我却睡不着了，就那么睁着眼，睁着眼……

三天后，四叔跟着我们家的一个亲戚去南方打工了。

四叔留下一封信，说不混出个样子就不回来了。

日子一晃，十年就过去了。师专毕业、在家待业的我站在故乡的池塘边，看着塘边枯死的水柳，看着一群孩子在长满荒草的池塘里玩耍，我常常想起童年的池塘，想起让四叔平静、给四叔勇气的那一池清水。

我们的一池清水，去了哪儿呢？

红 太 阳

○胡天翔

　　秋收了,秋播了,南地北地的小麦都种上了,没想到父亲让我去犁东窑厂的那块坡地。油灯昏黄,我刚端起红薯茶,父亲的空碗已放在桌上。

　　"明早,铁头家的小猪出圈,我去逮猪娃,亮子和丽子去犁窑场的坡地,好种燕麦。"父亲的饭量大,吃得也快。

　　"我没犁过地,我怕犁不好。"我说。

　　"犁不好也得犁,我十二就会犁地了,你都十四了,还没扶过犁把能中?"父亲说。

　　"学着犁嘛,犁个差不多就中。"母亲说。

　　"犁多了就会犁了,谁能生下来啥都会干啊。"奶奶也说。

　　一家人都让我去犁地,我还能说个啥。

　　父亲和母亲在东间住,奶奶、我还有丽子在西间睡。

　　"奶,俺大十二岁就会犁地了?"我不信父亲说的是真的。

　　"是哩,你大还没有犁把高,你爷就让你大和你二叔去犁地;你大扶犁,你二叔掌鞭,地犁得像老母猪拱的,你爷还用鞭竿抽你大的屁股。"奶奶说,"可怜,你大一学会犁地,你爷就不让你大上学了。和你四个叔叔、两个姑姑比起来,咱家数你大吃的苦多哩。"提起往事,奶奶说着说着就要掉泪。

"咱大会骗你嘛,我看你比犁把还高哩,让你犁个地问这问那哩,我要是男孩子,我就扶把了。"

妹妹也来说我,我还能说个啥。

一大早,家里人都起来了。奶奶端出一碗麦子喂鸡,母亲在压水洗红薯,妹妹洒水扫院子。父亲把犁子和牛套从牛屋里搬出来,我把老牤牛牵出来。父亲把牛套挂在犁子上,给老牤牛套上牛套。我扶着犁把,丽子拿着鞭竿,老牤牛拉着犁子出了院子。

"慢慢犁,不要急,我逮了猪娃就去喊你俩回来吃饭,不耽误上学。"父亲拿着一个破化肥袋子,朝铁头家走了。父亲想去早点,逮个欢实的好猪娃。好猪娃能吃食,长得快。

在村头,我碰见了杨红旗的父亲杨铁柱。杨铁柱胳膊肘里夹个破化肥袋子,叫道:"亮子,你会犁地了,比红旗强多了,兔崽子还没有摸过犁把哩。"

"我不会犁,俺大非要我犁。"我说。

"亮子,你去犁地,你大是不是去铁头家逮猪娃了?"杨铁柱问。

听到我说是的,杨铁柱急急忙忙地走了。我想他是怕去晚了,逮不住欢实的好猪娃。

村庄和田野都笼在雾里,路上浅浅的犁痕停止了延伸。坡地到了,我提着犁把,犁铧钻进了土里。

"哞——"老牤牛拉不动犁子,叫了起来。"急慌啥,有你下劲的时候。"我说。捋捋袖子,我把犁子从土里提出来一点。

"喔——"我学着父亲扯起了长腔,可那尾音一滑,在空气中就消失了,老牤牛没有拉着犁子走。"丽子,你看啥哩,抽它!"我说。

"啪!"妹妹在老牤牛屁股上来了一鞭。挨了一鞭,老牤牛低头向前猛地一挣,犁铧划过一点地皮,一下子从土里钻了出来,我没有扶

152

稳,犁把差点脱了手。

"吁——"我扯紧了牛绳,又把犁铧按进土里。老牦牛拉着犁子向前走,我手忙脚乱地犁着,就是扶不好犁把。犁铧入土深,老牦牛拉着沉,走得慢;入土浅,犁铧只划了一点地皮,地犁得不匀称。快一阵、慢一阵、深一犁、浅一犁,我别别扭扭地跟着犁子走。我这样犁,老牦牛也不适应,犁铧吃土一深,它就哞哞地叫着,像是表达着不满。

天亮些了,雾薄成丝丝的白纱。在窑场打工的村里人来了。他们拿着木锨、铁锹、钉耙,推着架子车走在大路上。

"你看胡一民家的孩子多能干,这么早就来犁地。"杨林说。

"亮子真不赖,会读书,再学会犁地,能文能武哩。"麻子爷爷说。

二叔也来了。看了一会儿,二叔要过我手里的犁把,连鞭竿都没拿,二叔吁吁喔喔地赶着牛犁了起来。到了地北头,二叔把犁子还给我。"别急,放松,带点劲压着犁子走。"二叔说。二叔朝一个大土堆子走了。土堆子下是制砖机,二叔在拉板车。

东方有了红光,太阳从轮窑上闪出了半个脸。

"嘟嘟!嘟嘟!嘟——"柴油机响了,声音震耳欲聋,制砖的工人开工了。

"嘣——"牛套断了,正犁地的老牦牛受了惊,撒开蹄子跑起来。我紧紧抓着绳子,被牛牵着跑了起来,连鞋都绊掉了一只。快到村口了,老牦牛才停下,被我牵了回来。

丽子拿着鞭子站在地头,我的鞋已经捡回来了。地,还得犁。老牦牛还是害怕柴油机的声音,一步也不肯往前走。我大声地吆喝,不走;丽子一鞭鞭地打它,还是不走。后来,我让丽子在前面使劲拉着牛绳,牛绳扯紧了牛鼻子,老牦牛护疼,才不情愿地拉着犁子,一步步地往前走。

湿的泥土,在犁铧上翻滚、打转,终又滑落。一圈,两圈……最多还有一圈了,我看见父亲来了。父亲背着手,沿着大路走了一段,又折了回来。父亲让我停下来。父亲要过丽子的鞭竿,抖了抖。看见父亲抖鞭子,我吓得心怦怦直跳:父亲嫌我犁得不中,像爷爷拿鞭子抽他一样抽我?父亲却把鞭子插到地上,从衣兜里掏出盒红花烟,抽出一根,点着了。

"你俩先回家吃饭吧,别耽误了上学,我把没有犁好的地方再冲冲。"父亲吐出了一口烟。我长出了一口气。

太阳完全出来了。在村口,我看见轮窑之上的太阳像一眼又圆又大的喷泉,一道道霞光像溪流一样不断地从泉眼里涌出来,染红了东方的天空。我看见父亲和老牤牛也是红的了。

我记住了那个秋天的早晨,也记住了那个太阳。

那是一轮红太阳。